Tom Kett
Dirty like you
Erotische Kurzgeschichten

AF210877

Tom Kett

Dirty like you

Heisse Texte voller Lust und Leidenschaft an der
Limmat

Impressum

Bibliografische Information der Deutschen Nationalbibliothek:
Die Deutsche Nationalbibliothek verzeichnet diese Publika-
tion in der Deutschen Nationalbibliografie; detaillierte bibliografische Daten sind im Internet über http://dnb.dnb.de abruf-
bar.

Verlag: BoD · Books on Demand GmbH, Überseering 33,
22297 Hamburg, bod@bod.de

Druck: Libri Plureos GmbH, Friedensallee 273, 22763 Hamburg

ISBN: 978-3-8192-0830-0

Inhaltsverzeichnis

WILLKOMMEN

Es klingelt. Du öffnest die Tür und lässt mich nach leichtem Zögern herein. Wir schauen uns kurz prüfend an. Real noch ganz unbekannt, aber irgendwie kennen wir uns doch schon. Schweigen. Du lächelst. Langsam ziehe ich dein Gesicht zu mir heran, streiche dir etwas Haar aus dem Gesicht, küsse dich. Erst zaghaft, dann intensiv. Gierig erwiderst du meine Küsse. Plötzlich halten wir inne und blicken uns für einen Moment tief in die Augen. Die Sonne hinter deinem Kopf überstrahlt dein Haar. Du bist wunderschön denke ich. Du lächelst. Als du deinen Mund öffnen möchtest, lege ich meinen Finger an deine noch lautlosen Lippen. Du stösst meine Hand weg, reisst mein Hemd auf und es mir herunter. Liebkosend fahren deine Hände über meinen Oberkörper. Ich erwidere deine Bewegung und fasse dir sanft an die Brust. Meine Hand fährt über dein Schulterblatt an deinem Rücken herunter bis zum Po. Sanft fährt mein Finger auf der Grenze zwischen Stoff und Haut entlang. Ein Schaudern. Feuchte an deinen Lippen. Nackenhaare stellen sich auf. Du presst deine Scham gegen meinen linken Oberschenkel und reibst dich daran. Du spürst wie ich hart werde. Wieder Reiben. Ruckartig reisse ich dir den String unter dem Rock hervor, dringe im Stehen in dich ein, drücke dich gegen die Wand. Enge. Feuchte. Bewegung. Deine Beine umschliessen meine Hüfte. Rhythmisch bewegen sich unsere Körper im Takt. Takt. Takt. Takt. Takt. Takt. Takt. Takt. Takt. Takt.

Jetzt	werden	wir	langsameeeeerrrrrrrr.
Halten		fast	inne

und schauen uns dabei tief in die Augen. Dann beschleunigen wir das Tempo wieder. Immer schneller und schneller und schnllrschnllrsnllr. Ein Juchzen und Seufzen. Stille. Verharren. Reglosigkeit. Sanft drückst du mich an der Hüfte. Grinst. Dann löst du dich von mir. Blickst grinsend zurück. Hallo.

DER ERSTE SCHNEE

Kurz vor der blauen Stunde. Ein Chalet in den Bergen. Modern. Schöne Kombination aus Beton, Stein und Holz mit raumhohen Fenstern im Wohnzimmer, die ins Tal blicken auf die teils gelben und teils noch grünen Lärchen im Tal. Der Kamin knistert in der Ecke und taucht den Raum in ein warmes gelbes Licht und warme Luft. Das Wohnzimmer ist geräumig und spärlich, aber schön wertig eingerichtet. Als ich aus der kalten klaren Luft von Aussen wieder hereinkomme, nehme ich den angenehmen Duft des Holzes wahr. Im Bademantel sitzt du gemütlich auf dem Sofa, vor dem ein flauschiges Tierfell am Boden liegt. Du schauderst und bekommst eine Gänsehaut, als ich mich zu dir herunterbeuge, deinen Kopf umfasse und dich lang und leidenschaftlich Küsse. Sind es nur meine kalten Hände, die dir die Gänsehaut machen? Du duftest schön frisch geduscht. Dein Haar sehr gut. Du, dein Duft, der flauschige Bademantel, die Wärme all das macht mich gerade sehr an. Ich knabbere an deinem Ohr und merke, wie das auch dich erregt. Dann öffne ich deinen Bademantel und fahre mit meiner Zunge an deinem Oberkörper herab. Meine Zunge streift deine rechte Brustwarze, macht einen kreisenden Schlenker und fährt zielstrebig herunter zu deinem Becken. Sie erkundet deine Innenschenkel, fährt wieder hoch zu deinem Bauchnabel. Wieder herunter und ich streife nur leicht deine Schamlippen. Ich lasse mir jetzt Zeit. Ganz bewusst. Geniesse den Moment, deine Haut und deine erregte Erwartung. Erst als ich dich stöhnen höre: „Bitte leck mich doch endlich", erlöse ich dich und öffne dich mit meiner Zunge. Du bist nicht nur feucht, du bist nass. Während nun zwei Finger in dich tauchen, gehört meine Zunge deiner Klitoris. Ich geniesse es, dich zu schmecken, zu lecken und mit meinen Fingern in dir zu stecken. Auch dein Stöhnen und deine Bewegungen, dich ich bei dir auslöse. Vor dem Wohnzimmerfenster fallen die ersten Flocken Schnee für diese Saison. Sie gleiten zu Boden. So wie wir drinnen jetzt auch auf den flauschigen Boden und ich dann in dich. Unsere Haut ist nun das Fell, was uns gefällt.

FOTOGEN

Du hast eingewilligt, dich nackt von mir fotografieren zu lassen. Es freut mich sehr, da ich deinen Körper sehr mag und ich das Zusammenspiel deiner schönen Formen immer schon mal mit dem Licht vereint festhalte wollte. Ich habe uns dafür ein Loft organisiert, in dem das Licht schön fällt und in dem dein Körper schön zur Geltung kommen wird. Du liegst auf dem breiten Bett zwischen den Laken. Um das Bett herum nur ein Reflektor zur Aufhellung. Meine Kamera steht auf dem Stativ. Ich bin gerade dabei das Bild einzurichten. Ich weiss nicht, ob aus Langeweile oder um mich zu necken, aber deine Hand liegt in deinem Schoss. Eigentlich sollte sie dort still liegen und nur auf dem Laken, das deine Scham bedeckt, posieren. Ganz offensichtlich aber beginnst du, dich selbst zu befriedigen. Ich versuche das kurz zu ignorieren. Wir wissen beide zu gut, dass das nicht lange gut geht. Ich mach dennoch erste Testaufnahmen. Sieht schon recht ordentlich aus. Du machst weiter. Stöhnst leicht. Meine Hose wird eng. Weitere Fotos. Mehr Stöhnen. Du erregst mich maximal. Ich kann mich kaum aufs Fotografieren konzentrieren. Klick. Klick. Dein Gesichtsausdruck ist schon jetzt purer Genuss. Klick. Lang werde ich mich nicht mehr zurückhalten können. Ziehe jetzt meine Hose aus. Hart schwingt meine Erektion nun aus der Shorts. Pulsierend. Heiss. Willig. Will dich. Ich. Beuge mich zu dir. Lege die Kamera weg. Dringe in dich ein. Wow, bist du feucht. Es sind nur drei, vier sanfte Stösse. Nur bis kurz unter der Eichel. Dann stehe ich auf, nehme die Kamera wieder. Mache ein paar Bilder. Der

Ausdruck in deinem Gesicht gefällt mir gut. Auch dir scheint es gefallen zu haben. Dann lege ich die Kamera weg, stosse dich erneut ein paar Stösse lang. Jetzt tiefer. Wieder Fotos. Du masturbierst. Dann wieder mein Schwanz in dir. Jetzt noch tiefer. Ich fülle dich aus. Aber nur kurz. Dann weitere Fotos von dir. Dann wieder mein Schwanz in Dir. Ein paar Stösse lang. Du stöhnst: „Komm schon, fick mich bitte endlich richtig.".

WET THURSDAY

Schneetreiben draussen. Einbruch der Dunkelheit. Die schöne Helligkeit des Schnees in der Stadt erhellt den Raum minimal. Trotz der Dunkelheit weiss ich, dass dir das kleine Schwarze steht. Auch die halterlosen Strümpfe die du dazu trägst. Und ebenso, dass du sonst nichts weiter trägst. Das, seit ich gerade, als meine Finger deinen sexy Po ertasteten und zwischen deinen Schenkeln ohne Hindernis an deine feuchten Lippen fassten. Dann sanft in dich stiess, du dich noch etwas aufrechter stelltest und gegen mich drücktest. Da dir das so gut steht, steht mir auch etwas. Meine schwarze Stoffhose ist zu eng. Reissverschluss auf. Deine Hand an meinem harten Schwanz, die meine Eichel erst gegen deine Klit reibt und dann ohne langes Zögern in dich stösst. Dein erregtes Stöhnen erfüllt den Raum. Alle reden von Black Friday. Ich würde ihn Wet Thursday nennen. Der ist saugut. Du unbezahlbar. Ich mags im Schneetreiben.

KEKSTEIGIG

Ich läute und du öffnest mir freudig die Tür. Ich küsse dich. Deine vollen Lippen schmecken süss. Zuckersüss. Meine Zunge schlägt gegen deine Zähne, berührt die deine leidenschaftlich. Du schmeckst nach Weihnachten, hast Mehl und Teigreste an den Fingern. Du stösst mich weg und gehst in die Küche. Ich folge dir. Dort ist es warm. Herrlich, wie das duftet. Kekse im Ofen. Teig auf dem Küchentisch, der noch ganz mehlbestäubt ist. Ein Wecker tickt.

Du beginnst nun wieder weitere Kekse mit einer Form auszustechen. Mich aber betört dein Duft, die Wärme. Deine Brustwarzen, die sich eben unter deinem Pullover abzeichneten. Ich will dich. Stehe nun hinter dir am Tisch. Umfasse deine Hüften. Streichele dich. Meine Hände fahren unter deinen Pullover. Liebkosen deine Haut. Streichen empor zu deinen nackten Brüsten. Schön, dass du heut nichts drunter trägst. Ich mache einen Schritt näher. Knabbere an deinem Ohrläppchen. Ich streichele dich weiter. Küsse dich. Beisse dich sanft in den Nacken und wieder ins Ohrläppchen. Du gibst das Ausstechen auf. Die Plätzchenform fällt neben den Tisch. Meine Finger fahren durch dein Haar, an deinem Gesicht und Körper herab. Liebkosen dich inniglich. Ich drücke dich nach vorne. Du liegst mit dem Oberkörper auf dem Tisch. Rasch ziehe ich dir die Jeans und den String weit genug herunter und dringe in dich ein. Langsam, aber tief. Umfasse dich eng an der Hüfte. Stosse und stosse. Fest und fester. Schneller jetzt. Du stöhnst. Mit beiden Armen umklammerst du den Küchentisch, der sich leicht bewegt. Immer wieder stöhnst du auf. Auch dir gefällt es wohl. Dann drehe ich dich hoch. Du stehst jetzt vor mir. Gesicht und Oberkörper mehlbestäubt. Einige Stückchen Teig kleben an deiner Haut. Ich find dich zum Anbeissen und das flüstere ich dir auch ins Ohr. Gierig fährt meine Zunge über deine Haut, deine Brustwarzen, herunter zur Scham. Du schmeckst gut. Schliesslich liegst du rücklings auf dem Tisch und empfängst meine Stösse, umklammerst mein Becken mit deinen Beinen. Ich halte mich an der Tischkante fest und stosse dich weiter. Spannung, Stöhnen, Anspannung, mehr Anspannung, mehr Stöhnen. Dann Entspannung und ein Juchzer von dir. Ich reiss dich zu mir hoch. Umarme dich fest. Du fühlst dich gut an. So mehlbestäubt und keksteigig. Schmeckst einfach toll. Gierig küsse ich dich. Eng umschlungen verharren wir einen Augenblick. Der Wecker klingelt. Fertig. Jetzt also auch die Kekse. Wir schauen uns für einen Moment in die Augen. Grinsen. Du bist echt Zucker. Ich will mehl von dil.

SAMTIGROT

In samtigroter Schleife verpackt liegst du vor mir. Wieder. Erst
öffnen meine Hände deine Fesseln, dann meine Zunge dich.
Immer wieder. Sanft fallen die Schneeflocken Aussen. Immer
weiter. Innen fliegen die Federn, als einem Kissen der Kragen
platzt, weil wir es schon wieder auf ihm treiben. Sanft fallen Sie
auf unsere Haut und werden mit jedem Stoss, jedem Keuchen
wieder aufgewirbelt. Immer wieder. Was ein frohes Fest.

HEISSKALT

Es ist ein klarer und wirklich kalter Wintertag im Januar mit Brainfreeze-Potential. Die Sonne kommt nach und nach hinter den steilen Felswänden hervor. Der Schnee ist schön, wir aber recht bald schon aufwärmbedürftig mit den vielen Sesselliften, die noch im Schatten liegen. Nach einem gemütlichen Zmittag in der Hütte ist uns zum Glück schon etwas wärmer. Das Skifahren in der Sonne ist wunderschön. Es bleibt aber insgesamt kalt, weswegen wir zu einer der Seilbahnen fahren. Als wir erstmals in der Gondel sitzen, küssen wir uns warm. Dein schönes Gesicht in meinen etwas kalten Händen. Unsere Lippen aber schön warm aufeinander. Küssenmüssen. Das unerwartete Drücken deiner Hände im Schritt meiner Skihose macht mich sehr an. Der Schalk in deinen Augen auch. Leider sind wir zu schnell schon oben. Die Tür geht auf. Beide raus. Wir mochten die wärmendheisse Gondelfahrt wohl beide: unsere nächste Abfahrt führt uns direkt zur Gondel zurück. Geschickt genug stehen wir an, um auch die nächste Gondel zu zweit zu nehmen. Wir verstehen uns dazu ohne Worte. Es ist zwar nicht voll, aber das Alleinsein haben wir beide im Sinn. Sobald die Gondeltür zu ist, liegen schnell die Mützen und Handschuhe auf der Seite. Reissverschlüsse schnellen auf. Wärmendwohlige Küsse und gieriges Greifen. Du nestelst am Verschluss meiner Skihose herum. Ohne Zögern holen deine kühlen Finger meinen Schwanz aus seiner Wärme. Bevor ich Einwände gegen die Kälte erheben kann, beugst du dich vor und deine warmen Lippen umschliessen meinen Schwanz, der nun mit mir die sanften Schläge deiner Zunge geniesst. Das ist mehr als heiss. Meine Finger fahren durch dein Haar. Grinsend geniesse ich dich, öffne kurz die Augen und blicke über die Skipiste. Ich schliesse meine Augen wieder. Geil. Und neu für mich. Gierig saugst und leckst du meinen harten Schwanz, während meine linke Hand nun in deinem Schritt liegt und ich sie dagegenpresse. Mit deiner Hüftbewegung reibst du dich daran. Ich mag deine Geilheit in diesen Momenten. Es fühlt sich jetzt an, als ob die Luft in der kalten Gondel heiss flirrt. Plötzlich reisst uns das Rattern der Gondel an der Bergstation aus unserem Tun. Schnell ziehen wir uns an. Steigen aus. Lächeln uns an. Auf zur nächsten Runde. Ein paar Schwünge. Kurze Schlange. Neue Gondel. Tür auf. Tür zu. Kleidung auf. Es ist fast, als seien wir nicht ausserhalb der Gondel gewesen. Gierige Küsse. Dein Zungenschlag an meinem Schwanz. Meine Finger nun in Dir. Mehr Hitze. Mehr Feuchte. So geil. Kurz überlege ich, ob ich hier noch mehr will. Ein Blick in deine Augen aber bestätigt mein eigenes Gefühl. Mehr werden wir später bei dir tun. Nicht kalt und geil. Sondern schön warm, slow und cosy. Unvergesslich für dich und mich.

BADEN IN BADEN

Ein Private Spa gönnen wir uns zum ersten Mal. Für die kommenden Stunden haben wir eine Spielwiese ganz nach unserem Geschmack. Der erste, kurze Saunagang hat gutgetan. Kurz kalt abgeduscht stehen wir beide nackt im kleinen Pool in der Mitte des Raumes. Die wohlige Wärme des wohltemperierten Wassers umgibt uns. Wir küssen uns intensiv. Streicheln uns. Geniessen die körperliche Nähe. Ich mache es mir auf der Sitzfläche des Bänkchens, das unter der Wasserlinie liegt, bequem. Du setzt dich auf meinem Schoss, eng an mich geschmiegt. Mehr intensive Küsse folgen. Du reibst dich an meiner Härte mit vielversprechendem Hüftkreisen. Das ist schnell kaum auszuhalten, weil sehr erregend. «Setz dich bitte auf meinen Schwanz» raune ich dir sanft zu, was du, kaum ist es ausgesprochen, bereits tust. Deine feuchte Enge macht mich rasend. Du fühlst dich so gut an. Geniesse ich zunächst noch das Sitzen, stehe ich nach einem Moment auf und mag es nun, dich im Stehen zu nehmen. Ein weiteres Mal darf ich die wässrige Leichtigkeit unserer Körper dabei mit dir spüren. Unbeschreiblich. Schliesslich lehnst du dich zurück und hälst dich mit deinen Armen am Beckenrand fest, um meine Stösse zu empfangen. Es ist ein Genuss, dir anzusehen, dass es dir ebenfalls viel Lust bereitet. Plätschern. Bewegung. Stöhnen. Innehalten. Geniessen. Umarmtes Verharren. Dann nach einer Weile zartes Küssen und erholsames Kuscheln auf dem Wasserbett. Sanftes Schaukeln und Plätschern bis zur nächsten Welle der Lust.

ESSSTEHTISCH

Gut rasiert ich. Du auch. Schöndichzusehen. Lustdich sein. Am Esstisch wir. Ästhetisch du. Kein Slip. Soft Hip. Sanfte Innenschenkel, die meine Zunge lenken. Ich küss dich sanft auf die Lippen. Feuchte Feuchte. Kein Stoff mehr an, macht mich an. Schön, dass nichts dazwischenkommt. Doch nach einer Weile du. Haut um Haut, die umhaut. Du windest dich. Ich lass mich gehen. Später dann auch wieder dich. Komm bald wieder.

LOVE HOTEL

In der Sushibar. Stimmengewirr. Der Raum ist schummrig und gemütlich. Auf der Wand steht Love Hotel, was mir erst unpassend erscheint. Wir sehen uns zum ersten Mal und führen das Gleiche im Schilde. Ich mag dich und stell mir schnell mehr dazu vor. Zum Glück sprechen unsere Tischnachbarn Englisch. Unser Gespräch ist eindeutig zweideutig und erkundet die Bereitschaft und Absichten des Anderen. Irritiert schaut die Kellnerin immer wieder, wenn sie unsere gegenseitigen Anzüglichkeiten zu überhören versucht. Schliesslich sind wir fertig mit den Essen, was sich wie das verbale Vorspiel anfühlte. Ich zahle. Wir wollen gehen und müssen doch noch beide auf die Toilette. Nachdem ich mir die Hände gewaschen habe, blicke ich in den Spiegel und weiss, dass ich nicht länger warten mag. Wir treffen uns im Flur. Unschlüssig. Und ja, ich will mehr. Ich will dich jetzt. Mit schelmischem Grinsen ziehe ich dich aus dem schummrigroten Flur in die Unisextoilette. Erstaunlich cosy. Die Aufschrift an der Wand im Restaurant war ein netter Hint. Hier also ist das Love Hotel. Sofort umschlingen wir einander und küssen intensiv. Meine Hände sind schnell an dir und schliesslich in dir, was dir eine Weile sichtlich gefällt. Mit einem „Darf ich?" öffnest du meine Hose und holst meinen harten Schwanz hervor. Deine Zunge fühlt sich genial an, als sie spielerisch meine Eichel umschmeichelt. Dein Mund umschliesst meinen Schwanz und kann mich also nicht nur mit Worten hart machen. Gierig möchte ich mehr. Ich ziehe dich hoch, dreh dich um, zieh dir den Slip herunter und geniess den Moment des Eindringens. Ich stoss dich hart und gierig. Wir sehen uns im wandhohen Spiegel an und grinsen uns zu. Nachdem dich meine Hand und meine Stösse kommen lassen, bin ich so erregt, dass auch ich schliesslich komme. Halbangezogen stehen wir uns gegenüber. Immer noch darüber grinsend, was gerade geschah. Zarte Küsse. Kleidung wieder an. Grinsend gehen wir durch das Stimmengewirr in die abendliche Kühle. Das war wirklich gut gegen den schnellen Hunger.

RAUHBARTSTOPPELIG

Du stützt dich auf dem Tisch ab, vor dem ich gerade stehe. Wir schauen uns in die Augen, als deine Schamlippen meinen Schwanz umschliessen. Ich bleibe kurz still stehen und geniesse es, dass du dich an mir fickst. Erst vorsichtig, dann immer tiefer. Ich mag es dich so tief zu spüren. Ich umfasse jetzt deine Hüfte, um dich hart zu stossen. Immer und immer wieder, bis wir schliesslich erschöpft ineinander versinken.

Dich so von hinten zu nehmen, gefiel mir sehr gut. Ich möchte, dass du noch in dieser Position verweilst, so mit dem hochgereckten Knackpo. Ich tape dir deine Unterarme hinter deinem Rücken zusammen. Alles andere, als deinen Po hochzurecken, wird dir jetzt anstrengend werden. Damit es nicht ganz unangenehm wird, schiebe ich dir ein Kissen unter deinen Kopf. Du geniesst die Bewegungen meiner Finger an und in dir. Den Daumen, der sanft und vorsichtig in deinen After gleitet, den Mittelfinger in deiner feuchten Pussy. Ganz bewusst reize ich dich nur, kommen lassen, möchte ich dich nun noch nicht, was ich dir auch sage. „Dann fick mich bitte wieder", stöhnst du, was ich dann auch zu gerne tue. Tiefe und kurze schnelle Stösse wechseln sich ab. Wieder packe ich dich an der Hüfte und geniesse es, dich so zu spüren, bevor ich mit einem leichten Zucken komme und dann auf dich herabsinke. Dann drehe ich dich auf die Seite. Zufrieden grinst du mich an, auch noch, als ich dich bitte, mir den Schwanz noch sauberzulecken. Ich belohne dich mit einem rauhbartstoppeligen Kuss.

STEIFE BRISE

Jo nech, so ne steife Brise halt, wie der Norddeutsche trocken feststellen würde. Die Feuchte seiner Gegenüber würde da aber schon bald dafür sorgen, dass er sich der stürmischen Begegnung mit Hingabe hingäbe.

Tom und v e r we h   t e
          B   u c   h st   a

          b

    n

FARBICH

Du hast Farbsprenkel an deinem Unterarm. Warum eigentlich? Egal. Pantone Nummer wieviel? Sieht sexy aus, macht mich an und bringt mich auf eine Idee. Am Abend habe ich vorgesorgt und uns Farbe besorgt, mit der wir es uns besorgen. Mit Fingerfarbe auf dem Finger male ich dir einen ersten Strich auf dem Arm. Du schaust erstaunt. Weitere Striche folgen. Dann zieh ich dich heran und küss dich. Du schubst mich weg und greifst jetzt selber zur Farbe. Strich für Strich. Ichwilldich. Egal ob mit Strichen, die deinen Schönen Po nachzeichnen oder an deinen Brüsten, die deine Brustwarzen hart machen. Das breite Bett mit dem weissen Laken ist nun unsere Leinwand. Die Farbe bald zweitrangig. Später wird das Laken aussehen wie ein Action-Painting von Herrn Pollock. Bis dahin spüren wir uns, die Farbe und unsere Haut, dass es uns umhaut. Gleiten, Stöhnen, einander Verwöhnen und dann Kommen. Neues Laken. Neues Bild. Neues Laken. Wieder wild. Neues Laken. Wiederkommen.

BÄNGCHEN ÜBER DER STADT

Es ist immer wieder schön, wenn wir uns auf diesem Bänkchen oberhalb der Stadt treffen. Es ist immer viel Vorfreude dabei. Heute wird es kurz. Ich versuche mich auf das zu konzentrieren, was du mir erzählst, aber schon bald überwiegt der Drang, deine Lippen auf meinen zu spüren. Dass ich dich so zum Schweigen bringe, scheinst du selber auch zu mögen. Die Küsse werden schnell gierig. Unsere Hände sind schnell unter der Kleidung. Bald auch sind das auch meine Lippen, die den gierig beiseite geschobenen BH streifen, deine schönen Brüste küssen und deine Nippel teasen und pleasen. Das mögen wir beide immer wieder sehr. Ich raune dir zu, dass ich dich jetzt will. Du stehst auf und ziehst mich ins Gebüsch. Slip and slide, ich in die gleit. Kurz und schnell und roh. Raus und rein und raus aus dem Gebüsch. Dann beide froh. Mehr Küssenmüssen. Dann Abschied nehmen müssen.

ALANPLUG

Du liegst nackt auf dem Bauch. Ich massiere dich und streichele dir den Rücken. Meine Finger umschmeicheln deinen Po. Deine Schamlippen und deinen Anus. Wärst du eine Katze, würdest vermutlich gerade schnurren. Sanft überwindet mein Daumen den leichten Widerstand deiner Rosette. Fährt vorsichtig in dich. Deine Schulterblätter richten sich leicht auf. Ungewohnt für dich. Aber es scheint dir zu gefallen, wenn ich deinem zwar zögerlichen Grinsen nach urteilen darf. Ich will dich aber gerade noch eine Spur mehr überraschen. Mein Griff zu dem Analplug zwischen den Laken entgeht dir. Langsam verlässt mein Daumen deinen Anus. Stattdessen spürst du nun das kalte Metall des Spielzeugs an deinem After. Erneut richten sich deine Schulterblätter auf. Du setzt an zu reden. „Was soll…". Ich erwidere: „Shhh, warte nur ab". Die Gleitcreme tut ihren Dienst, ich führe ihn dir sanft ein. Sobald die dickste Stelle vorbei ist, gleitet er fast von selbst in dich hinein. Jetzt steht ein letztes Stück hervor. „Gefällts dir?" flüstert ich in dein Ohr. Du nickst, scheinst aber noch nicht so recht sicher, ob des neuen Gefühls. Ich knabbere an deinem Ohrläppchen und streichele und massiere dich wieder, bis ich schliesslich selbst so erregt bin, dass ich es nicht mehr aushalte. Du liegst weiter auf dem Bauch, leicht kniend und den Po nach oben gereckt, als ich vorsichtig in deine feuchte Pussy stosse. Mit jedem Stoss spürst du nun leicht auch den Analplug. Da du mir deinen Hintern mit jedem Stoss immer noch ein Stück näher entgegen zu recken scheinst, gefällt es dir wohl.

Eigentlich sind wir nur ins Sportgeschäft gelaufen. Eigentlich wollten wir dir nur einen Bikini kaufen. Eigentlich gehst du gerade nur mit ein paar Modellen in die Umkleide. Kurz gewartet. Etwas gespannt. Vorhang auf. Eigentlich macht es mich schon an, als du den ersten Bikini trägst. Deine Boobs sehen toll darin aus. Dein Hintern hat Knack. Eigentlich kann ich mich da schon nicht zurückhalten. Ein sanfter Kuss landet auf deinem Schulterblatt. Durch den Spiegel der Umkleide lächelst du mich flirtend an. Vorhang zu. Der nächste Bikini also. Kurz gewartet. Hose gespannt. Ich auch. Vorhang auf. Ein Bikini der viel zeigt, mit String. Mein Ding. Meine rechte Hand fährt an deinem Rücken herab. Liebkost deinen Po entlang des Strings. Die Linke streicht von deiner Hüfte aufwärts über deinen Bauch zum Ansatz deiner Brust. Dein Nackenhaar stellt sich leicht auf. Du lächelst mich wieder durch den Spiegel an. Deine Hand wandert zu meinem Schritt. Stösst mich weg. Vorhang zu. Nummer drei also. Kurz gewartet. Hose immer noch gespannt. Ich wieder. Vorhang auf. Ein Bikini mit breitem Bündchen an der Hüfte. Ich nicke. Fasse dich wieder an. Sanft wandert meine Hand in den Bikinislip. Deine Nippel werden sichtlich hart und der Rest ziemlich feucht. Ich ziehe dich zu mir ran. Küsse dich leidenschaftlich. Du drückst dich an mich. Halb nackt. Ganz toll. Du verschaffst der Enge in meiner Hose mehr Platz. Holst meinen Schwanz raus. Nimmst ihn zwischen deine Pobacken. Reibst dich daran. Schiebst ihn unter die Biki-nihose. Reibst ihn zwischen Bikinislip und deinem Po. Steifheit.

Mehr Reiben. Wieder grinst du mich schelmisch an. Du fragst, ob wir den nehmen sollen. Ich will eher dich nehmen und das sage ich dir. Wieder schubst du mich raus. Schnell packe ich mein bestes Stück wieder ein. Kurz gewartet. Vorhang auf. Noch ein Bikini mit String, jetzt mit Schleifen an den Seiten. Auch mein Ding und ich dann auch gleich in dich dring. Ich halte dich an der Hüfte und stosse fest in dich herein. Du beugst dich herab zur Sitzbank der Umkleide, ich löse die Schleifen und du geniesst meinen Steifen.

EHERREGEND

Rainshower. Wohligwarmes Wasser. Du spürst, wie ich Tropfen für Tropfen an dir herabrinne. Seifig mich über deine Haut als hauchzarter Film lege. Gleitendsanft. Deine Haut Pore für Pore liebkose. Von oben bis unten. Immer wieder an dir herab. Dich halte. Mal fest, mal lose. Wohlig legt sich ein Nebel über den Spiegel, der das Spiegelbild von zwei nackten Körpern nicht mehr zeigen kann. Feucht und nass wie du, nein wir sind, gehen wir in das warme Zimmer herüber. Du gehst zum Fenster. Verweilst dort und blickst über den Park zur Altstadt herüber. Aus der Höhe ein Häusergewirr aus alt und neu. Über deine Schulter betrachte ich das Spiegelbild deines nackten Körpers im Fenster. Ein sanfter Biss in deinen Nacken. Du spürst das leichte Stacheln meiner Barthaare, die mir der Tag neu wachsen liess. Ich ziehe dich fort. Mit einem leichten Stoss landest du in den sanften, weissen Laken, die uns sanft umschmeicheln. So wie meine Hände dich lustvoll streicheln. Meine Lippen liebkosen deine. Zärtlich, tastend, fordernd. Meine Zunge fährt an deinem Körper herab, bald schon deine weichen Schenkel und deine Lippen liebkosend. Dich öffnend. Deine Feuchte schmeckend. Zwischen deinen Lippen steckend. Verweilend. Geniessend. Dann Bewegungen. Fliessend. Deine Hände in meinem Haar, meinen Kopf sanft gegen dein Becken bewegend. Sehr erregend. Machtlustaufmehr. Meine Eichel, die nun in dich drängt. Dein Schoss, der meinen Stoss empfängt. Jetzt und hier. Wir beide wir.

HOLE IN ONE

Frühsommersonne. Frühsommerwärme. Wir sind am letzten Loch des Minigolfplatzes angelangt. Ich weiss nicht, ob es die Anzüglichkeiten sind, die ich dir die fortwährend ins Ohr geflüstert habe, die dich nun aus dem Konzept bringen, aber den letzten Schlag versemmelst du nun noch so sehr, dass ich unser Match klar gewinne. Wie schön, dass wir vereinbart hatten, dass sich der Gewinner etwas wünschen darf. Ich weiss schon, was ich möchte. Nun also gehen wir zu den Umkleiden auf dem Areal der angrenzenden Badi. Ich ziehe dich in eine der Kabinen und führe deine Hand an meine Hose, die bereits sehr spannt. Ich öffne meine Hose und hole meinen Schwanz hervor und heisse dir, ihn in den Mund zu nehmen. Du gehst in die Hocke und kommst meinem Wunsch nach. Dein Saugen und Lecken, sowie die Bewegungen deiner Hand gefallen mir sehr. Ich halte deinen Kopf fest an deinen Haaren und stosse mit sanften Bewegungen dabei in deinen Mund. Du scheinst selber sehr erregt, da du dich selbst dabei schon mit der Hand unter deinem Rock zu reiben beginnst. Jetzt mag ich nicht mehr warten, ziehe dich hoch. Ich drehe dich zur Wand der Kabine, presse dich dagegen und stosse von hinten in dich hinein. Du bist schön feucht und der Moment des in dich Stossens fühlt sich unheimlich gut an. Ich tauche sehr tief in dich ein. Tief in dir kannst du mich spüren. Gegen die Wand gedrückt stöhnst du leicht unter meinen Stössen. Die Kabine knarzt leicht im Takt. Dich so von hinten zu nehmen, macht mich sehr an. Kurz bevor ich komme, bitte ich dich, dich umzudrehen und nochmals hinzuhocken, da ich jetzt in deinem Mund kommen möchte. Kaum umschliesst du meine Eichel mit deinen Lippen, ergiesse ich mich pulsierend in dir. Ich mag das Gefühl deiner Zunge, als du danach meinen Schwanz ableckst und küsst.

M

Du liegst vor mir und spürst die Sanftheit der Tischplatte an deinem Bauch. Du wirst gleich froh sein, dass zuvor schon die Grösse M in dir landete, so ist das bittersüsse Gefühl, dass mein Schwanz dir bereiten wird, kein zu grosser Unterschied. Ein guter Schwung Gleitcreme spritz aus der Tube auf meine Erektion. Ich verteile die Feuchtigkeit grosszügig darauf. Sanft entferne ich M und stosse dafür meine Eichel in deine Rosette. Vorsichtig. Das Gefühl dahinter kennen meine Finger. Du fühlst dich auch da gut an. Die Gleitcreme hilft, meinen Schwanz weitergleiten zu lassen. Du stöhnst auf. Oder war es ein Wimmern? Wir hatten ein „Stop" vereinbart, sofern es dir nicht gefällt. Es ist noch nur meine Eichel, die in dich dringt. Sanft stosse ich vor und zurück. Immer ein wenig tiefer. Es scheint dir zu gefallen. Du stöhnst. Tiefer. Immer noch langsam. Immer tiefer. „Bitte, nicht noch tiefer" entfährt es dir. Sanft umfasse ich dich an der Hüfte. War es zuvor noch ein Vortasten, so ist es jetzt ein Rhythmus, den du mit Stöhnen quittierst. Wir schaukeln uns auf. Nun werde ich doch schneller. Dein Stöhnen lauter. Der letzte Stoss bringt uns über die Klippe. Jetzt stöhne auch ich. Habe das Gefühl, förmlich in dir zu explodieren. Stecke noch einen Augenblick in dir. Geniesse das neue Gefühl. Streiche dann über deinen Rücken. Deinen Po. Gehe um den Tisch herum. Küsse dich. Sehe dir in die Augen. Dein Blick verrät mir, dass du es auch genossen hast. Ob ich dich jetzt losmache, fragst du. „Später" sage ich grinsend. Mehr Zeit für deine schöne Pussy, die sich nun noch meiner Finger erfreuen darf, nur um später auch erneut die verdiente Aufmerksamkeit meines Schwanzes zu bekommen.

TROTZ DER SCHWERKRAFT

Sommertag früher morgen. Wenig Betrieb in der Badi oberhalb der Stadt. Dennoch ist die Liegewiese von allen Seiten zu einsehbar, als dass wir die morgendlichen Triebe hier auskosten mögen. Ein Umschlingen und leidenschaftliche Küsse können wir uns dennoch nicht verkneifen. Auch nicht als wir kurz darauf im Schwimmbecken sind. Ich mag es, wie du deine Schenkel um mich schlingst und, dass ich dich nun leichtschwebend tragen kann. Du reibst dich sacht an der Wölbung in meiner Badehose. Um uns herum ziehen die übrigen Gäste artig ihre Bahnen. Weitere Küsse. Nibbeln am Ohrläppchen. Ich flüstere dir ins Ohr, dass ich wieder aus dem Wasser in eine Umkleide möchte. Gesagt getan. Wenig später stehen wir in einer Umkleide. Wobei nein. Wir küssen uns gierig, während du auf der Sitzbank hockst. Von dort hebe ich dich nun an. Du schlingst deine Beine um mich und verschränkst sie um meine Oberschenkel. Klemmst dich an mich. Meine Arme halten dich hinter deinen Schulterblättern. Dann löst du dich von der Bank. Wow. Es ist sehr sexy, dich so zu halten und zu stossen.

SPIEGELUNG

Wir stehen gemeinsam vor einem raumhohen Spiegel und sehen uns an. Du trägst nur wenige Streifen schwarzen Stoff auf deiner schönen, weichen Haut. Die Wäsche unterstreicht deinen wohlgeformten Körper. Sanft küss ich dich auf den Mund. Zuerst. Dann fordernd. Mein Finger fährt nun dein Rückgrat herunter, was dich erregt schaudern lässt. Er umschmeichelt deine Hüfte. Dann deinen Po, um den String herum, den Oberschenkel herab. Ich knabbere an deinem linken Ohrläppchen. Mein Daumen ist auf deinem Mund, die Hand auf deiner Wange. Nun fährt der Finger an deinem Hals herab, um den BH herum, an deinem Bauchnabel und den Streifen des Strings entlang zum Oberschenkel herab. Dann wieder höher in den Slip um deine Schamlippen herum, fast in dich herein, deine Schamlippen nur leicht öffnend. Du bist schön feucht, was mich sehr anmacht. Ruckartig reisse ich dir den String nun herunter. Sanft, aber bestimmt stosse ich mit zwei Fingern in dich. Über den Spiegel blicken wir uns in die Augen. Es sind erst zwei, später drei Finger, die dir viel Lust besorgen. Du kannst schliesslich kaum stehen, bist an mich gelehnt, als du vor Lust dein Wasser nicht halten kannst. Unerwartete Feuchte. Wieder blicken wir uns über den Spiegel in die Augen. Du bist noch immer sichtlich sehr erregt und das bin ich auch. Ich drehe dich zum Spiegel hin, du beugst dich vor und stützt dich mit den Händen am Spiegel ab. Tief dringe ich von hinten in dich ein. Halte deine Hüfte und stosse dich fest. Es ist intensiv. Unsere Bewegungen verschmelzen. Dann halte ich inne, du aber bewegst dich weiter. Das fühlt sich toll an. Offensichtlich auch für dich, als du mit leichtem Zittern in den Beinen innehälst. Davon sehr erregt komme nun auch ich. Bleibe noch hinter dir stehen. In dir. Geniesse das Gefühl und den Anblick. Das Grinsen auf deinen Lippen. Und meinen.

KOMM AUF DEN PUNKT

Knallblauer Himmel. Klare Sicht. „CU@9AM 47.3606802 8.6812701" war alles, was ich dir geschrieben hatte. Pünktlich bin ich dort und hoffe, dass auch du erscheinen wirst. Schon um diese Zeit ist es heiss. Die Umgebung hat sich in den letzten Tagen sehr aufgewärmt. Gerade zieht noch ein Grüppchen von Frauen Mitte 60 weg vom Holzsteg. Wie gut, denke ich, da sie nur stören würden. Endlich tauchst du zwischen den Bäumen und Büschen auf. Anmutigen Schrittes kommst du auf mich zu. Trägst ein Sommerkleid mit dünnen Trägern, das deinen schönen Körper umschmeichelt und sanft deinen Bewegungen folgt. Dann stehst du endlich vor mir. Deine Augen sehe ich gerade nicht, da die Sonnenbrille sie verbirgt. Ich küsse dich zur Begrüssung leidenschaftlich auf den Mund und flüstere dir danach ins Ohr: „Gefällts dir hier?". Du schaust dich um und sagst zögerlich „Ja, schon, aber was…". Mittlerweile liegen meine Hände auf deinem Po. Als du meine Härte dann durch die Leinenhose spürst, dämmert es dir nicht mehr, nein, dir ist schlagartig klar, was ich beabsichtige. Es entfährt dir ein „Sag mal spinnst du? Gerade kam mir noch ein halbes Dutzend Frauen entgegen." „Und? Die sind weg…" sage ich leise mit einem auffordernden Grinsen. Für einen Moment denke ich, dass unser Spiel des Grenzen Verlagerns hier sein Ende gefunden haben könnte. Deine Augen können mir gerade nichts verraten. Nur Spiegelung in deinen Gläsern. Als ich dich wenige Momente später von hinten nehme, bin ich selbst verdutzt, dass wir das nun tatsächlich tun. Ich grinse, geniesse und merke, dass das selbst mich gerade an meine Grenzen bringt.

REITBETEILIGUNG

Du bringst mich zum Lachen und machst mich gleichzeitig etwas verdattert. Du stehst vor der Tür in schwarzen hohen Reitstiefeln, Reithelm und ansonsten einfach nackt. Dabei hatte ich doch gemeint, du mögest in Reitkleidung kommen. Das hatte ich mir leicht anders vorgestellt. Wobei so ist auch nicht schlecht, aber unerwartet. Du schiebst mich in den Flur, weiter ins Schlafzimmer, stösst mich rücklings aufs Bett, öffnest meine Hose, holst meine Erektion hervor und setzt dich auf mich. Ohwiefeuchtundschönunschönfeuchtdubist.

KLETTERSTEIG

Sommersonne. Wir schauen die imposante Felswand hoch, die wir in einem Klettersteig durchsteigen werden. Nachdem wir die Klettergurte und das übrige Material angezogen haben, geht es los. Immer wieder passieren wir sehr ausgesetzte Stellen, blicken den senkrecht nach unten fallenden Fels herab. Aufregend. Die Tour ist schweisstreibend. Du bist vor mir im Fels und deshalb blicken meine Augen immer wieder auf deinen schönen Po in einer hautengen Sportleggings. Nicht minder aufregend als die Umgebung. Immer wieder gibt es zwischen Felswandstücken kurze Wanderpassagen durch den Wald. Sehr schön und verwunschen hier. Wir kommen zu einem kleinen, baumbeschatteten Aussichtspunkt mit Geländer. Dahinter geht es mehrere hundert Meter hinab. Wir stellen uns ans Geländer und blicken runter. Ich stehe dicht hinter dir. Umarme dich. Küsse dir ein paar Schweisstropfen von deinem Nacken. Lecker. Ich schiebe meine rechte Hand unter dein T-Shirt und umspiele deinen Sport-BH mit meinen Fingern. Ich mag deine Schweissfeuchte und küsse dich in den Nacken, streichele dich weiter. Du presst deinen Po, gegen meine Hose, die nun merklich enger geworden ist. Reibst dich daran. Meine linke Hand fasst dir nun zwischen die Beine, was dich leicht zusammenzucken lässt. Ich flüstere dir ins Ohr, dass ich dich hier und jetzt will. Dein geseufztes Ja ist mir Zustimmung genug. Ich löse erst deinen, dann meinen Klettergurt. Sie fallen zu Boden. Wir steigen daraus. Dann ziehe ich dir die Leggings gerade soweit herunter, dass ich dich von hinten nehmen kann. Du bist sehr feucht, als ich in dich eindringe. Hälst dich am Geländer fest, während ich deine Hüfte umfasse und dich leidenschaftlich nehme. Hart. Kurz. Gut. Geil. Wir küssen uns erschöpft, aber glücklich, als du deine Hose hochziehst. Rechtzeitig. Andere Kletterer kommen vorbei. Wir grüssen als sei nichts geschehen. Grinsen uns an. Auf gehts.

GUMMIG

Du kommst noch wassertropfend mit Gänsehaut vom Pool der Landbadi zurück. Deine Augen blitzen. Deine Brustwarzen zeichnen sich unter dem Bikini ab. Beides macht mich an. Wir küssen uns inniglich. „Lass uns duschen gehen." flüstere ich dir zu. Gesagt getan. Ich bitte dich noch, deinen Bikini anzulassen. Der steht dir einfach zu gut. Ich schäume uns mit Shampoo ein, was unsere Haut gut auf- und aneinander gleiten lässt und meine Hand schliesslich in dich. Lustvoll nimmst du meine Finger auf. Du beugst dich nun weit nach vorne und hälst dich an deinen Füssen fest. An deiner Bikinihose vorbei dringe ich tief in dich und halte dich an deiner Hüfte. Du fühlst dich gut an. Immer wieder. Ich komme schliesslich zwischen deinen Pobacken. Jetzt weiss ich, was du meinst, wenn deine Beine sich gummig anfühlen nach dem Sex.

Als Du wenig später zurück zu deiner Schwester auf die Liegeweise gehst, weiss deine Schwester das unanständig breite Lächeln in deinem Gesicht nicht zu deuten.

HOTEL SURPRISE

Du schläfst noch, während ich unter die Dusche gehe und beginne mich zu waschen. Irgendwann erwachst du. Im Gegensatz zu mir, weisst du, dass sich die Lamellentüren aus Holz beiseiteschieben lassen, so dass du ins Badezimmer sehen kannst. Du öffnest sie und wartest, dass ich mich erstaunt zu dir umdrehe. Bis dahin schaust du mir vergnügt beim Duschen zu und stellst dir vor, was mit uns später passieren könnte. Irgendwann drehe ich mich verdutzt um. Fassungslos. Du liegst verführerisch auf der weissen Bettwäsche. Ich bin fast geblendet. Nicht nur vom hereinströmenden Sonnenlicht, sondern auch von dir. Deine Hand fährt an deinem Körper herunter mit einer eindeutigen Richtung. Du siehst, wie ich augenblicklich hart werde. Einen Augenblick später ertrage ich es nur sehr kurz, dir zuzusehen, wie du dich anfasst. Ich will dich. Ich verlasse die Dusche und komme zu dir ins Zimmer. Schaue dir noch einen Moment zu. Wassertropfen perlen an mir herunter. Ich beuge mich zu dir herunter, küsse dich.

Allein durch das einander Zusehen sind wir sehr heiss aufeinander geworden. Ich mag das Gefühl deiner weichen Haut und der weichen Bettwäsche. Du spreizt deine Beine, bist ganz offen und feucht. Dein Po liegt auf der Bettkante. Mit meiner Eichel massiere ich deine Schamlippen und deine Klitoris. Ich bin immer kurz vor dem Eindringen, möchte dich aber noch etwas hinhalten und necken. Das Hinhalten fällt mir gerade sehr schwer. Du ziehst mich gierig zu dir heran, in dich herein. Oooooh, fühlst du dich gut an.

Sanft streichen meine Finger dir das Haar aus dem Gesicht. Du siehst mich erwartungsvoll an. Langsam wandern meine Finger über dein Schulterblatt das Rückgrat hinab, am Po entlang, rund um deine Hüfte. Ein wohliges Schaudern durchfährt dich, als meine Hand unter dem minimalen Stück Stoff deines Strings verschwindet und dich feucht werden lässt... mmmmhh... ich stöhne leicht auf. Dränge mich etwas an dich, möchte spüren, ob du auch bereits erregt bist. Ich spüre die leichten Bewegungen in deinem Becken. Sie und dein leichtes Kreisen auf meiner Hand törnen mich sehr an. Meine Lippen fahren am Hals und an deinem Oberkörper herunter und küssen deine Brüste. Sanft gleitet meine Zunge über deine Haut. Deine Brustwarzen sind hart. Genauso wie ich jetzt. Du stöhnst erneut leicht auf. Ich kann es kaum erwarten in dich zu dringen, mag aber die Verzögerung und die Geilheit, die gerade in der Luft liegt. Du nimmst meine Hand und stösst meine Finger leicht in dich. Windest dich dabei.

TREIBGUT

Ich hätte nie gedacht, dass wir es mal an einem Sommernachmittag an einem Boot hängend im Zürichsee treiben werden. Irgendwie entwickelte sich die kleine Schwimmrunde ums Boot dazu. Plötzlich hing ich einhändig an der Reling und du dann ganz nah an mir. Eins ergab das Andere. Exponiert und doch gut im Wasser versteckt, steckte ich plötzlich in dir.

Das war vorhin. Jetzt liege ich an Deck und geniesse das Schaukeln. Auch das des Bootes. Mehr aber, dass Du mich jetzt lustvoll reitest. Ich schau dich kurz an, dann den Himmel. Unwirklich, aber wirklich heiss. Das ist es auch für dich, als ich mich pulsierend in dir entlade. Kurz halten wir zufrieden inne. Küssen uns sanft.

Als dann das Kursschiff tutend an uns vorbeifährt, müssen wir beide grinsen. Zwei Minuten vorher und die Passagiere hätten unser Treiben an Deck gewiss entdeckt.

NUR EINE MASSAGE

Du scheinst dich wohl nicht mehr an unseren letzten Versuch einer Massage zu erinnern. Weisst du nicht mehr, wie mein Versuch misslang dich „nur" massieren zu wollen? Ich begann mit einem Kuss in deinen Nacken, als du bereits meine Erektion an deinen Pobacken spürtest. Ich knabberte an deinem Ohr. Ich massierte deine Schultern. Meine Zunge streifte dein Rückgrat hinab. Meine Finger glitten über deine weiche Haut an den Innenschenkeln. Wieder herauf zwischen den Pobacken, streiften deine Rosette und dann deine Schamlippen. Weiter herab dann an den Beinen zu den Zehen, um dir diese und die Fusssohlen zu massieren. Zumindest hatte ich das vor. Ich spürte jedoch die Hitze und Feuchte an deinen Schamlippen. Was meiner Aufmerksamkeit zum Glück nicht entglitt und ich wenige Sekunden später dann schon in dich. Ein lautes Aufseufzen und -bäumen von dir, als ich vor lauter Ungeduld eine Spur zu tief bereits in dich stiess. Du bäuchlings liegend, meine Stösse empfangend und als wir fertig waren, direkt nach mehr verlangend. Unersättl du. Unersättl ich. Unersättl wir.

NACHTS IM MUSEUM

Wir haben es geschafft. Das Museum ist nun leer. Naja nicht ganz. Wir sind schliesslich da und stehen in einem grossen Raum im Halbdunkel. Am Boden schwarz-weisser Teppich, der für meinen Geschmack zu stark gemustert ist in einem Ausstellungsraum. Wir stehen unmittelbar vor einem Sofa, das tagsüber zum ruhigen Betrachten der Exponate einlädt. Im schwachen Licht sehe ich deine Augen funkeln. Wir können beide noch nicht recht glauben, dass es uns einfach so gelang, unentdeckt hierbleiben zu können. Ich berühre dich an der Wange und ziehe deinen Kopf zu mir, um dich ganz aufgeregt zu küssen. Gierig. Kaum abwarten könnend, dass wir es gleich, hier und jetzt skulpturengleich treiben werden. Es hängen viele Portraits im Raum.

An Augenpaaren, die uns zuschauen, wird es nicht mangeln. Dann geht unsere Kleidung Stück für Stück zu Boden. Dass du erregt bist, erzählen mir deine harten Brustwarzen und die unüberspürbare Feuchte zwischen deinen Beinen. Erst spüren das meine Finger, dann mein Schwanz, der nun zwischen deinen Beinen erregt steht und sich an dir reibt. Du hebst nun dein linkes Bein auf die Bank. Ich dringe in dich ein, was du mit einem Juchzer quittierst. Dann nehme ich dein rechtes Bein hoch, so dass du keinen Bodenkontakt mehr hast. Ich flüstere dir zu: „Stell deine Füsse in meine Kniekehlen.", was du sogleich tust und womit du uns in eine verf… gute Stellung bringst. Die Portraits im Raum von Edvard Munch und eines von Cuno Amiet schauen uns zu. Im bestehenden Licht sind ihre Augen nur schwach zu erkennen. Wir wissen aber beide, dass sie uns zuschauen. Wir bewegen uns gierig ineinander verschränkt. Skulpturengleich. Meine Hände führen deinen Po. Ich stosse dich wild. Spüre dich sehr intensiv. Bin schon jetzt kurz davor, nicht mehr an mich halten zu können.

Giovanni Segantinis Figuren würdigen unsere artistische Leistung keines Blickes. Sie schauen einfach weg. Auch eine Bronzeskulptur von Lehmbruck scheint sich abgewendet zu haben. Immer schneller stosse ich dich jetzt. Meine Hände noch immer unter deinem Po. Ein lautes Stöhnen entweicht dir. Du scheinst endlich er- und gelöst. Kurz darauf komme auch ich. Sofort steigst du ab. Ein Klatscher Sperma tropft unüberhörbar auf den Boden. Wir stehen einen Moment eng umschlungen. Mehr Lustfeuchte rinnt an deinem Schenkel herab. Ungläubig blicken wir uns im Dunkel an. Ist das wirklich passiert? Dann ziehen wir uns an und schleichen die breite Treppe herunter. Erst beim Verlassen des Nebeneingangs geht der Alarm des Museums los. Wir sprinten davon. Gefühlt ein Zürihalf. Kurz darauf kommen wir aus der Puste und bleiben stehen. Wir sind nun weit genug weg, dass uns niemand mit dem Alarm in Verbindung bringen könnte. Du streichelst mir über die Stelle unter dem Bauchnabel. Ausser Atem sagst du mir, dass du diese Stelle eben sehr schön und intensiv spüren konntest.

LINDORLECKER

Als du mir verrätst, wo die Lindorkugel gelandet ist, blicke ich kurz verständnislos. Wir mögen das gegenseitige Überraschen beide immer wieder. Hier denke ich, ist es dir sehr gelungen. Ich sage dir: „Die hole ich mir zurück" und ziehe dich in den Lift. Wir blicken uns im Spiegel an. Vorfreude in unseren Gesichtern. Wir schaffen es kaum zur Tür herein, als dein Kleid schon zu Boden geht. Die wenigen Schritte zum Bett sind bald gemacht. Meine Zunge nun nicht mehr in deinem Mund, sondern zwischen deinen Lippen. Der süsse Genuss für mich ist ein sehr süsser Genuss für dich. Ich lasse keine Reste und es mir kurz danach nicht nehmen, meine eigene harte Erregung dort zu platzieren, wo zuvor bereits meine Zunge dich erfreute und dich zu Tränen rührte.

SOMMERNACHT

Wir wissen beide, dass es heute passiert. Endlich. Es ist heiss, ich bin heiss, ja, wir sind heiss. Und das hatten wir schon lange ausprobieren wollen. Langsam wird es dunkel, als ich schon auf der Parkbank auf dich warte. Es ist gerade noch hell genug, dass ich dein Grinsen sehen kann, als du mir ein erregtes Hallo entgegenhauchst. Wir schauen uns kurz verschwörerisch an. Ich ziehe dich zu mir und wir küssen einander verheissungsvoll. Meine Hand streift an deinem dünnen Sommerkleid herab und über deine linke Brustwarze. Sie ist hart und ich werde es augenblicklich. Weiter fährt meine Hand herunter und liebkost deinen nackten Po. Zufrieden stelle ich fest, dass du wie verabredet nichts unter deinem Kleid trägst. Meine Hose spannt. Ich kann das Blut pulsieren fühlen. Gierig schlägt deine Zunge gegen meine Zähne. Gieriger versuchen wir einander zu verschlingen. Zwischen deinen Schenkeln spürst du meine harte Erregtheit, nur meine Leinenhose ist noch zwischen uns. Hauchdünn. Ich will dich. Rhythmisch bewegst du dich auf meinem Schoss. Ich spüre, wie du feuchter wirst. Jetzt. Du öffnest den Reissverschluss meiner Hose, befreist mein hartes Glied aus der Enge und gleitest mit einem leisen Juchzen sanft darauf. Ganz tief. Ganz feucht. Ganz toll. Deine Hüfte kreist rhythmisch auf mir. Deine Augen blitzen, du lächelst. Dann hälst du inne und ich stoss kräftig in dich hinein, umfasse deine Hüfte. „Sommernacht, ich komme" denke ich wenig später als du dich kurz aufbäumst. Sommernacht ich bleibe.

AFTERSHOW

Ich öffne den langen Reissverschluss an der Rückseite deines Kleides. Sanft fahren meine Finger über deinen Rücken. Fast gleitet das Kleid ganz von dir herab. Ich bitte dich, dich nun zu bücken. Dein entblösster Po reckt sich mir entgegen. Nur ein String ist noch zwischen uns. Weiter fährt mein Finger über deine Wirbelsäule. Über ein Stückchen Stoff. Mit meiner anderen Hand ziehe ich den String zur Seite. Weiter fährt mein Finger über den Plug in deinem After bis zu deinen feuchten Lippen. Du spürst meine Erektion bereits gegen deinen Po und deine Oberschenkel pendeln. Gierig ist mein Schwanz und ich bin es auch. Dennoch mach ich es dir jetzt nicht zu leicht, sondern reize dich noch etwas mit meinen Fingern, was dir mehr als nur ein wenig gefällt. Dann sage ich: „Wenn ich dich ficken soll, musst du mich jetzt schon richtig bitten." Du legst dich mit deinem Oberkörper jetzt flach auf den Tisch und wackelst mit deinem Po und sagst, wie dir geheissen „Bitte fick mich jetzt endlich. Ich brauche es jetzt." Dein erregendes Powackeln macht es mir schwer, länger zu warten. Zielstrebig taucht meine Eichel in dich. Tief. Kurze, schnelle, tiefe Stösse. Dann langsame. Du fühlst dich geil an. Mal wieder.

Ich ziehe meinen Schwanz raus und ebenso den Plug. Dafür pendelt meine Eichel nun gegen deine Rosette, drückt etwas dagegen. Ich sage: „Willst du mehr?" „Ja, bitte" stösst du hervor. Fester lehne ich mich gegen dich und meine Eichel dringt langsam in deinen After. Du saugst Luft ein. Vorsichtig, eher langsam, dringe ich weiter ein. Ein Stöhnen. Sanfte Bewegungen werden zu leichten Stössen. Als ich merke, dass du dich von dir aus gegen mich drückst, weiss ich dass der erste bittersüsse Schmerz der Lust gewichen ist und nun kann ich mich nicht mehr zurückhalten. Ich ziehe meinen Schwanz erneut raus und ergiesse mich pulsierend auf deinem Po und Rücken. Sinke zu dir herab. Umfasse dich. Keuchendseufzend.

CHAMPAGNE SUPERNOVA

Angeregter Gesprächslärm. Musik im Hintergrund. Party in grosszügigem Altbau. Wir stehen in der Küche und unterhalten uns den ganzen Abend schon blendend. Ich mag dein Lachen. Du siehst umwerfend aus in einem enganliegenden Kleid, dass nicht zu viel und zu wenig zeigt. Genug aber von dir. Unsere Gläser leeren sich schon wieder und ich gehe uns auf dem Balkon Nachschub holen, hoffend, dass du gleich noch da sein wirst. Die Champagnerflasche in der Hand komme ich zurück. Du strahlst mich an. Leicht beschwipst entkorke ich die Flasche. Mist. Zu spritzig. Der Champagner. Und jetzt du. Dein Kleid hat einen satten, feuchten Streifschuss abbekommen. Auch auf deinem Hals und dem Dekolleté sind feine Champagnerperlen zu sehen. Peinlich, aber erregend zugleich. Ich entschuldige mich bei dir. Schnell nehme ich ein Handtuch. Beginne auf deinem Kleid zu tupfen. Bin ganz nah bei dir. Tupfe nun an deiner Brust, die sich gut anfühlt, als mich sofort dein Arm fest-hält. Oh man, das waren wohl doch ein paar Gläser zu viel. Erst versau ich dir das Kleid und dann begrapsche ich dich auch noch so unbeholfen. Ganz schlau. Ich sehe hoch in deine Augen und versuche zu erkennen, was du denkst. Zögern in deinem Gesicht. Protest oder nicht? Dann bewegst du meinen Arm weiter auf deiner Brust. Ganz sanft. Ich sehe dir vergewissernd in die Augen. Du grinst schelmisch. Nice. Ich ziehe dich zu mir heran. Langsam nähern sich unsere Gesichter. Gierig küssen wir einander. Das hätten wir längst schon tun sollen. Nur wenige Momente später stehen wir nun im Schlafzimmer des

Gastgebers. Gedämpftes Partygeräusch. Wir sehen uns im Halbdunkel in die Augen. Mich dürstet nach dir, als sich meine Hand unter deinem Kleid an deinen Po legt, um dir wenig später den Slip herunterzuziehen.

DO IT YOURSELF

Nachdem ich dich vorhin gebeten habe, dich vor mir selbst zu befriedigen, stehe ich unter wortwörtlichem Zugzwang. Da du das sofort und anstandslos getan hast - nein, erstaunt war ich nicht - bin ich ohnehin hungrig. Ich mag es, wie wir uns immer wieder herausfordern. Dass du mir nun auch dabei zuschauen dürftest, hatten wir vereinbart. Unsere Abmachung war auch, dass wir es aushalten müssen, nicht mitzumachen und zu stören. Komme was oder wer wolle. Du hast es dir auf einem Sessel bequem gemacht, als du es vor meinen Augen getan hast. Ich hingegen wähle die Dusche mit der breiten Glasfront als meine Bühne. Du lehnst jetzt erwartungsvoll an der Tür. Trägst nur einen String und einen Hoody mit Reissverschluss aus dem deine schönen Brüste rausblitzen. Was mache ich hier bloss?

Egal.

Gesagt getan. Jetzt. Ich stelle die Dusche an und geniesse das Wasser und wie es auf mich herabprasselt. Ich schliesse die Augen und beginne langsam mit Daumen und Zeigefinger der rechten Hand meinen Schwanz zu massieren. Beginne die Vorhaut rhythmisch vor und zurückzuziehen. Schnell regt sich was. Nicht unerwartet, nachdem, was du mir eben geboten hast und dem generellen Flirren in der Luft zwischen uns. Ich mache weiter. Umfasse meinen prallen Schwanz nun mit allen Fingern. Ich kann die Adern förmlich pulsieren fühlen. Die

Bewegungen werden schneller, schneller und schneller. Die Spannung in meinem Körper nimmt zu. Ich spüre, dass ich bald kommen werde. Richte mich auf. Masturbiere weiter. Dann Erlösung. Milchiges Sperma spritzt in pulsierenden Stössen aus meiner Eichel. Klatscht auf die Fliesen am Boden. Dann Gänsehaut auf meinen Armen. Nur kurz. Dann Entspannung in meinem Körper. Aus steif wird weich und wohlig. Das Wasser prasselt weiter auf mich herab. Herrlich.

Und du? Ach, was frage ich. Mein Blick auf die Hand in deinem Slip beantwortet alles. Glaubst du wirklich, dass ich es nochmals aushalte, dir einfach dabei zuzuschauen? So viel zu unserer Verabredung, dabei die Hände voneinander zu lassen.

H A U T   U M

Wir wollen eigentlich gerade in den Spa-Bereich des Hotels. Ich habe meine Badehose und einen Bademantel bereits an. Du bist im Bad und ziehst dich gerade an. „Gefällt er dir?" fragst du und stehst in der Tür. Der knappe bunte Bikini, den du trägst, ist ne Waffe. In meiner Badehose wird es schlagartig eng. „Wow" entfährt es mir nur „du siehst toll aus". Meine Hand fährt an deiner schönen Silhouette herab. Weiche Haut, die umhaut. Ich schiebe dich küssend ins Bad, kann meine Hände nicht von dir lassen. Der Gedanke, in den Spa zu wollen, scheint gerade sehr fern. Wir küssen uns gierig, meine Hand umschmeichelt den Hauch von Nichts, den du trägst. Mein Bademantel und meine Badehose gehen zu Boden. Du drängst dich an mich und schiebst meinen erigierten Schwanz unter deinen Bikini. Ich reibe mich an dir und du dich an mir. Jetzt stehen wir in der Dusche, die ich anmache. Jetzt kommt heisse Feuchte auch von oben so wie wir heiss aufeinander sind. Ich knete deine Brüste in deinem Bikini. So mag ich es. Die Nähe ist kaum auszuhalten, ohne in dir zu sein. Ich ziehe einen Hocker heran, auf denen du dein rechtes Bein stellst. Ich ziehe den Bikinislip so zur Seite, dass ich endlich in dich dringen kann. Wow, das gefällt mir. Wohl ebenso wie dir, die du dich rhythmisch gegen mich drückst. Zwischendurch gierige Küsse. Finger, die über nasse Haut streicheln. Bewegungen und Geräusche verschwimmen. Ein fast gleichzeitiges Aufbäumen. Pure Lust. Ein Pulsieren in meinem Schwanz. Wohlgefühl, in dir zu sein. Noch kurz und sanft in dich zu stossen. Dann beugst du dich herab und leckst den kleinen Spermarest von meiner Eichel. Küsst meinen Schwanz. Siehst zu mir hoch. Grinst mich an. Als wir wenig später im Spa-Bereich sind, kann ich die Rückkehr ins Zimmer kaum erwarten.

BEST FRIENDS

Als der liebevoll von dir so genannte Vibi in deiner Hand und bald an der passenden Stelle auf deiner Haut liegt, sehe ich etwas eifersüchtig, dass ihr ein Team seid, dass sich nur zu gut kennt. Aber was hatte ich erwartet? Er surrt vor Freude und dein Becken drückt sich gegen den Massagekopf. Deine Hand versteht es hervorragend, dir immer wieder ein leichtes Zucken im Körper zu bescheren. Den Massagekopf unterschiedlich hart an dich drückend. Gezielt und eingespielt. Nachdem ich meinen kurzen Moment der Eifersucht auf die Technik überwunden habe, tue ich mein Bestes, der Dritte im Bunde zu sein. Dein seitlich zu mir gedrehter Kopf lässt mich dir gierige Küsse geben. Meine Hände umspielen und kneten deine Brüste. Meine Zunge dein rechtes Ohrläppchen. Die Summe aller Eindrücke scheint dir sehr zu gefallen. Du zerfliesst förmlich. Meine Erektion spürst du nach wie vor hinter dir. Ich will dich jetzt sehr und mag nicht mehr einfach nur zusehen. Ich raune dir zu, dass du dich auf mich setzen sollst. Du hebst nur kurz dein Becken. Meine Eichel rutscht zwischen deinen Pobacken entlang, über die Rosette, direkt zwischen deine feuchten, geschwollenen, Schamlippen. Als du den Vibrator in dem Augenblick wieder ansetzt, bin ich gerade am tiefsten in dich gedrungen. Du kommst mit einem kurzen Aufschrei. Verharrst einen Augenblick. Die dann langsam folgenden Bewegungen deines Beckens zum Massagekopf und auf meinem Schwanz törnen mich jetzt sehr an. Du legst den Vibi beiseite, als ich dich an den Hüften fasse und stärker zu stossen beginne. Dann schneller. Rasend machst du mich. Dann komme auch ich. Ergiesse mich in dir und geniesse das Gefühl, als wir beide in die Laken sinken. Du rücklings auf mir liegend. Ich stecke noch immer in dir. Spüre deinen Puls. Habe deine Brüste noch in meinen Händen. Dann irgendwann erschlafft mein Schwanz. Die Spannung deiner Schamlippen entlässt meine Eichel nun aus dir. Ein Lächeln auf den Lippen. Gemeinsames, gleichmässiges Atmen. Mein Finger, der über deinen Bauch streicht. Seufz.

NATÜRLICH

Ein sonnigwarmer Augusttag in den Bergen. Nachdem du mich vorhin noch auf einer Bergwiese mit Ausblick über das Flusstal geritten hast, sind wir wieder unten am Fluss, um weitere Aktfotos im Wasser zu machen. Deine Posen im Wasser sind schön, sexy und schön sexy. Deine Anmut macht mich immer wieder sprachlos.

Wie jetzt.

Nach einer Weile schöner Aufnahmen zwischen den Felsen am kleinen Wasserfall, lege ich die Kamera zur Seite und komme zu dir ins Wasser. Ich möchte dich wieder küssen und dich spüren. Obwohl das Wasser, in dem du stehst, sehr kalt ist, pendelt sehr bald meine harte Erektion zwischen uns. Das hätte ich so nicht erwartet. Eiskalt das Wasser, steinhart ich, du einfach heiss. Wie hast du das bloss die ganze Zeit im Wasser ausgehalten? Für mich der falsche Ort, um mehr zu wollen, was nicht daran liegt, das die Stelle am Ufer vom Wanderweg einsehbar ist. Ich ziehe dich ein Stück weiter über das steinige Ufer an den Rand hinter ein paar Felsen. Du beugst dich vor und stützt dich am Stein ab, sodass ich direkt in deine Feuchte dringen kann. Ich umfasse deine Hüften und geniesse jeden Stoss und dein leises Keuchen. Dreh dich jetzt und lehn mich dann selbst an den Fels an. Geniesse deine Bewegungen. Diesen Moment. Herrlich. Natürlich. Ich komme. Natürlich. Umfass dich. Natürlich. Zieh dich an mich. Natürlich. Unvergesslich. Natürlich.

PINSELEI

Ich verbinde dir die Augen. Ich weiss, dass dich das Über-
windung kostet. Dennoch lässt du dich drauf ein. Du lehnst
dich zurück auf dem Bett. Stützt dich auf den Armen ab, wie
ich dich bat. Erwartungsvolle Stille. Du hörst mich ein Gefäss
aufschrauben. Etwas wird ausgegossen. Das Erste, was du
spürst, sind die weichen Borsten eines Pinsels, der auf deinem
Schlüsselbein aufsetzt. Ölig gleitet der Pinsel mit einem graden
Strich zwischen deinen Brüsten entlang nach unten über deinen
Bauch. Am Ansatz des flaumigen Streifens stoppt er. Erneut
setzte ich den Pinsel an. Fahre damit dir Rundung deiner Brüste
nach. Es scheint dir zu gefallen. Mehr Öl. Mehr Pinselstrich.
Nun hoch erst vom rechten Fuss, mitten über das Schienenbein
an der Innenseite des Oberschenkels entlang. Wie halte ich vor
deinem Schoss inne. Nun setze ich an deinem linken Fuss an.
Erneut streichen die weichen Pinselborsten über deine Haut.
Schienenbein. Innenschenkel. Du sagst mir, dass es dir sehr
gefällt. Selbst, wenn das Öl noch fern von deinen Schamlippen
geblieben ist, so ist der feuchte Film an ihnen unübersehbar.
Erneutes Eintauchen ins Öl. Ich setze den Pinsel an deinem
Flaum an. Fahre mit Druck zwischen deine Beine. Hin und her.
Hoch und runter. Du beginnst zu stöhnen. Auch das scheint dir
zu gefallen. Viel weicher als sonst. Aber wohl auch schön. Ich
tippe einen leichten unregelmässigen Rhythmus mit dem
Pinsel gerade oberhalb deiner Klitoris. Auch das scheint dir zu
gefallen. Dann wieder Streichen mit dem Pinsel. Du beugst
dich vor zu mir. Ziehst mich heran. Flüsterst mir mit heiserer

Stimme entgegen, ich möge dich endlich ficken. Das Nächste, was du spürst ist meine Eichel, die in dich drückt. Langsam. Wieder raus. Langsam wieder rein. Wieder raus. Jetzt tiefer. Wieder raus. Langsam wieder rein. Noch tiefer. Wieder raus. Langsam wieder rein. Noch tiefer geht es nun nicht mehr. Du stöhnst. Rhythmisch ficke ich weiter. Du zerfliesst unter mir. Dann die Tränen auf deinen Wangen und ich in dir.

WASSERVÖGELN

Supersummerhot and so am I. Wir sind verabredet, um nochmals im See zu schwimmen. Da wir etwas Privacy suchen, haben wir uns aufs Land aufgemacht. Die Badi am See ist recht leer dank der Morgenstunde am Werktag. Du in einem sexy Bikini, von dem ich jetzt schon weiss, dass du ihn nicht lange anhaben wirst, was auch daran liegt, dass ich ihm nicht gönne, zwischen uns zu sein. Vom Ufer gehen wir über den Steg ins Wasser. Die vermeldeten 27,5 Grad fühlen sich erstmal kälter an als gedacht. Wir schwimmen ein wenig am Ufer entlang auf der Suche nach einem Fleckchen, wo wir möglichst ungestört sind. Nur ein paar ältere Schwimmer und Mütter mit Kindern sind am kleinen Strand der Badi zu sehen. Dann nur noch Schilf. In der Ferne sind der Steg und ein paar Schwimmer auszumachen. Langsam wirds interessant. Zum Glück lässt sich auf dem steinigen Boden stehen. Du schwimmst zu mir heran, schlingst deine Beine und Arme um mich. Wir küssen uns gierig. Die zuerst deutlich spürbare Kühle scheint durchs Schwimmen viel wärmer geworden. Meine Hände liebkosen deinen Körper, während unsere Münder sich gierig verschlingen. Meine eine Hand massiert deine Brust, die andere liegt unter deinem Bikinislip an deinem Po und streichelt deine Schenkel sanft von innen. Dann ziehe ich dir deinen Slip herunter, was du damit quittierst, dass du dich an meiner zu eng gewordenen Badehose reibst. Mit gezieltem Griff befreie ich mein Glied aus der Enge und meine Erregung ragt aus der Badeshorts. Erneut reibst du dich an mir. Mehr gierige Küsse.

Mein Schwanz ist nun zwischen deinen Schenkeln und du reibst deine Schamlippen daran. Meine Eichel pocht. Ich kann jetzt nicht länger warten. Dann hebe ich dich leicht hoch und stosse langsam in dich herein. Das fühlt sich sehr geil an. Mit einer leichten Schwerelosigkeit bewegen wir uns. Willig empfängst du meine Stösse. Immer wieder auch sehr tiefe. Ein Wasservogel zieht vorbei. Was der wohl denkt? Wasservögeln? Dann halte ich inne und flüstere dir zu „Dreh dich um", was du sogleich tust. Du bist leicht vorgebeugt, hast deine Beine um meine Waden geschlungen und ich meine Hände an deiner Hüfte. Ohne das Schweben im Wasser, wäre es schwierig dies so zu tun. Nun aber ermöglicht uns das eine neue, erregende Intensität. In einiger Entfernung zieht eine Schwimmerin vorbei. Sollte sie uns sehen: who cares? Ich fass dich noch enger bei der Hüfte und stosse dich härter. Ich merke bereits, wie mein Orgasmus in mir aufsteigt. Mit einem wuchtigen Schub entlädt sich meine Lust in dir. Du spürst die Wärme meines Spermas. Kurz halten wir in der Stellung inne. Dann drehst du dich zu mir um. Ein zarter Kuss. Langsam aber weicht die Hitze aus uns. Das Wasser wirkt kalt. Wir schwimmen zurück zum Steg. Die wenigen Badegäste scheinen nichts von unserem Tun bemerkt zu haben. Wir legen uns zu unseren Handtüchern und trocknen einander ab. Die Gänsehaut schwindet. Wir grinsen uns schelmisch zu. Ich beuge mich vor und flüstere dir zu: „Ich bin noch nicht fertig mit dir", was du mit funkelnden Augen erwiderst.

ZU SPÄT KOMMEN

Der Reissverschluss deines Kleides ist offen und gibt einen
Blick auf deinen Rücken, sowie auf den Ansatz deines Pos frei.
Du stehst vor dem Spiegel und bittest mich, ihn zu schliessen.
Unfassbar. Das solltest du doch mittlerweile wissen. Schon in
wenigen Sekunden wird das Kleid am Boden liegen. Du wirst
dich am Spiegel anlehnen und dagegen gestossen werden.
Meinen erregt-gierigen Blick kurz im Spiegelbild erhaschen,
während wir uns vernaschen. Gierige Küsse auf den Nacken.
Dein schöner Po auf hohen Hacken. So geht das jetzt schon den
ganzen Nachmittag. Kleid an. Kleid aus. Wir werden zu spät
kommen. Oder nicht? Erst nochmal hier.

DAS GEFÄLLDCHEN

Sommerwetter mit einer lauen Brise. Es ist erstaunlich, dass wir so stadtnah auf diese Lichtung gestossen sind. Es sind vielleicht nur zehn bis fünfzehn Meter Luftlinie zu den Wanderwegen um uns herum. Das nachmittägliche Treiben auf den Wegen interessiert uns nicht. Wir breiten die Picknickdecke aus und zum Picknick gibts uns. Naja nicht nur und das erst später. Zuerst mal ein paar süsse Erdbeeren, süsse Küsse und Knabbereien.

Wir liegen unterm Blätterdach. Herrlich, den Blättern zuzuschauen, wie sie sich im Wind bewegen. Schön, das Spiel der Sonnenstrahlen zwischen den Blättern auf unserer Haut. Wohlig, dabei dich und die Sonne auf der Haut zu spüren. Schobst du dir gerade eben noch eine Erdbeere in den Mund und schautest geniesserisch, so ist es nun meine Eichel, die zwischen deinen schönen, grinsenden Lippen verschwindet. Das geniesse auch ich. Ich umfasse sanft deinen Kopf mit meinen Händen und folge deinen Bewegungen. Dein Lecken und Saugen lässt mich schnell sehr hart werden. Ich habe Mühe, nicht sofort in deinem Mund zu kommen. Du setzt dich auf. Mit einer eleganten Bewegung bist du über mir. Spreizt mit der einen Hand deine Schamlippen und führst mein hartes Prachtstück zielsicher in dich ein. Ich geniesse die Feuchte und Langsamkeit. Den Moment, der sich anfühlt, als fülle ich dich komplett aus. Reit now.

L E C K T Ü R E

Wir haben uns zur Open Library-Zeit in der Bibliothek verabredet. Später Abend. Die Bibliothek ist leer, als ich sie betrete und frage mich, ob du wohl schon da bist. Langsam gehe ich durch die Regalreihen. Ich bin kurz unschlüssig, ob ich dich recht verstanden hatte, wo wir uns treffen. Endlich dann aber sehe ich dich.

Du trägst einen schönen braunen Mantel, der ausgezeichnet zu deinem Haar passt. Du bist in ein Buch vertieft. Ich nähere mich dir und rufe dich leise. Du hebst deinen Kopf und drehst dich zu mir. Lächelst. Zögerst. Lächelst wieder. Stehst nun vor mir. Öffnest schliesslich deinen Mantel. So viel Nacktheit hatte ich nicht erwartet. Ausser deinem sexy schmalen Schamhaarstreifen, halterlosen Strümpfen und deinen Stiefeln trägst du nichts. Du grinst, als du rückwärts zu einem der Lesetische an der Wand gehst, dich daraufsetzt und deinen Mantel einladend aufschlägst. Das macht mich buchstäblich an. Ich gehe auf die Knie. Meine Zungenspitze berührt jetzt die Haut auf deinem Venushügel und fährt langsam nach unten.

EAST VILLAGE

Wir sind in einem Hotel, das das East Village um einige Stockwerke überragt. Tolle Aussicht. Blauer Himmel. Aus dem geräumigen Eckzimmer blickt man über ein Häusermeer in Richtung der Wolkenkratzer am Südzipfel Manhattans. Die Scheiben sind raumhoch. Der Raum lichtdurchflutet. Du stehst mit dem Rücken zu mir unter der Dusche, deren Wand auch vollverglast ist. Bis zur Hüfte ist es Milchglas, darüber könnte jeder dich in deiner Pracht sehen. Mangels anderer Hochhäuser in der Nähe, ist das aber unwahrscheinlich. Ich beobachte dich einen Augenblick in deiner Nacktheit, wie das Wasser auf deine Haut trifft und an dir herabläuft. Deine Schönheit und der Gedanke der Exponiertheit hinter der grossen Glasfläche, erregen mich sehr. Viel zu sehr, als das ich nur Zuschauer bleiben möchte. Auf dem Weg ins Bad streife ich meine wenige Sommerkleidung ab. Du erschrickst leicht, als ich dich von hinten umfasse, schmiegst dich aber bald an mich. Seifiggleitend fahren meine Finger über deinen Körper. Umschmeicheln deine Hüften, deinen Nacken, deine Brüste, deinen Po und tauchen zwischen deinen Schenkeln ein in dich. Du bist nass. Nicht nur auf der Haut.

Etwas später bist du eingeschlafen und liegst in den Laken. Im Dunkeln sehe ich dir von einem Sessel am Fenster aus zu. Friedlich und schön liegst du in deiner Nacktheit da. Gleichmässig atmend. Irgendwann schlummere auch ich im Sessel ein. Als ich aufwache, erhellt die Morgenröte das Zimmer. Das hat mich aber nicht geweckt. Ich spüre deine sanfte Zunge an meinem steifen Schwanz. Deine Augen blitzen mir schelmisch aus dem Halbdunkel entgegen. I like. Kurz darauf setzt du dich rittlings auf mich und fickst mich in meiner ganzen Verschlafenheit, während du dir selbst zusätzlich noch mit deiner Hand hilfst. Dein Becken kreist auf meinem, zuckt, hält inne, zuckt wieder. Du stöhnst und seufzt tief. Mit jeder Bewegung scheint es heller zu werden. Mittlerweile bin ich dann auch wach und selbst sehr erregt. Es fehlt jetzt auch für mich nicht mehr viel, als ich dich weiter stosse, noch weiter stosse und schliesslich auch komme. Du lässt dich zu mir in den Sessel fallen. Ich umschlinge dich von hinten mit meinen Armen. Eng angeschmiegt sitzen wir auf dem breiten Sessel und sehen wortlos zu, wie es Tag wird. Nur, um dann nochmals einzuschlummern.

ERFRISCHENDES BECKEN

Spätnachmittag an einem heissen Sommertag. Strahlendblau der Himmel. Saftiggrünfelsgrau der Rest. Wir fahren mit dem Sessellift von einer Hütte herunter. Mehrfach beim Klettern haben mich die Schweissperlen auf deiner Haut auf andere Gedanken gebracht. Auch die Art, wie deine Zunge das Eis in deiner Hand gerade leckt, macht mich an. Da wir von der Sonne erhitzt sind, beschliessen wir vor dem Nachtessen kurz Schwimmen zu gehen und fahren im Tal in ein Sporthotel. Umziehenduschenreininskühlenass. Mich kühlt es nur so gar nicht ab, dich im Bikini zu sehen. Einfach nicht. Wir sind fast allein. Einzig eine alte Frau zieht ihre Bahnen im Becken. Im Sprudelbad raune ich dir zu, dass ich gerade auf unsere Mitschwimmerin verzichten könnte und du mich sehr anmachst. Du lachst und grinst. Ich streichele dich im Nacken und Küsse dich. Die alte Frau scheint nicht mehr aus dem Schwimmbad weichen zu wollen. So ein Mist.

Eine Zeit später sind wir frisch erholt und beschliessen zu gehen. Wir gehen gemeinsam duschen und ich mag nicht von dir lassen. Das sage ich und zeige ich dir, wenn du es nicht ohnehin schon an meiner prall gespannten Badehose gemerkt hast. Willdich. Wild ich. Dir gefällts merklich. Leider ist die Dusche sehr einsehbar. Keine ernsthafte Option. Ich flüstere dir kurz ins Ohr. Wir duschen uns fertig ab, ich gehe in meine Umkleide. Kurz darauf folgst du. Schnell ziehe ich dir den Bikini aus. Auch du scheinst es kaum erwarten zu können. Abgekühltunddochsoheiss. Wir küssen uns gierig. Die Hände wissen, wo sie hinwollen, und das wollen wir auch. Ich liebkose deinen nochfeuchten Körper und deine schonfeuchten Lippen. Das erregt mich sehr. Deine Hand an meiner Eichel lässt mich nicht weiter zögern. Sanftfeucht stosse ich in dich hinein. Du streckst dich leicht hoch und hängst dich mit den Armen an die Kabinenwand um meine Stösse zu empfangen. Sanft knarzt die Kabinenwand. Ich umfasse dein Becken und geniesse das Gefühl mit und in dir. Erregung. Bewegung. Immer wieder. Reibung. Feuchte. Hitze. Erlösung. Wir umfassen einander in der nun folgenden Stille. Küssen uns sanft. Ein Geräusch. Ist da noch jemand? Egal.

Uns freundlich verabschiedend und sehr erfrischt gehen wir aus dem Badebereich. Wir sitzen nun auf der Terrasse des Hotels und bestellen das Nachtessen. Ich muss wohlig grinsen, du scheinst zu ahnen warum. Verschwörerisch sehen wir uns einen Augenblick an und lachen. S`isch guet gsi.

TREIBEN IM PARK

Laue Luft mit Sommer vorm Balkon. Es ist gerade eben dunkel. Ein paar Gläser Wein zu zwein. Du lehnst am Geländer des Balkons und siehst dem Treiben unter uns zu. Es wird grilliert, gelacht, der Sommer genossen. Ich stehe nun hinter dir und streichele deine Hüfte. Wir geniessen die Luft, die Atmosphäre, den Ausblick, unsere Nähe. Ich beginne dein Ohrläppchen zu küssen. Streichele deinen Rücken, liebkose deine Pobacken, deine Hüften, dein Brüste. Du machst mich an. Wir küssen uns gierig. Leidenschaftl ich und du auch.

Sanft stösst du mich nun fort, sagst ich solle auf dich warten. Aber wie soll ich mit der Hitze in der Hose warten? Du kommst grinsend zurück auf den Balkon und nimmst meine Hand führst sie an deinen Po. Deine Unterwäsche ist weg. Ich küsse deinen Rücken erneut. Meine Hände und Finger streicheln dich an den Schenkeln, am Po und an den Hüften. Fahren dir sanft über die Schamlippen. Ich möchte dir am liebsten das Kleid runterreissen. Bevor ich dazu komme, greift deine Hand hinter dich, öffnet meinen Reissverschluss und holt mein Glied aus der Hose. Ich rücke enger zu dir. Dränge an dich. Dringe in dich. Du klammerst dich am Geländer fest. Ich halte dich an der Hüfte und stosse dich fest. Halte dich fester. Stosse dich fester. Bald fester und fester. Lieb- und hartkose dich. Ein Moment zum Festhalten, der zerrinnt, der verrennt, der vergeht, als wir kommen. Kichernd gehen wir rein. Umarmen uns inniglich. Ich dich. Du mich. Einen Moment noch lauschen wir dem Treiben im Park.

75

FEDERLEICHT

Erwartungsvoll liegst du da. Spürst den Samt an den zusam-
mengebundenen Handgelenken. Suchst erwartungsvoll nach
Geräuschen. Wartest darauf, mich zu fühlen, da dir die Augenbinde das Sehen verwehrt.

Sanft streicht dir eine Feder über die Haut. Lässt deine
Brustwarzen hart werden. Lässt dich schaudern und erregt
dich zugleich. Dann ein leidenschaftlicher Kuss auf den Mund.
Dann nichts. Oder doch?

Ich helfe dir, dich aufzusetzen und wart ab. Bald spürst du
nun meine Eichel an deinen Lippen. Bereitwillig öffnest du
deinen Mund und ich schiebe ihn dir tiefer in den Mund. Gierig
leckst du an ihm. Deinen Kopf halte ich in meinen Händen und
stosse sanft mit deinen Bewegungen mit. Mal etwas härter, mal
sanfter. Ich frage dich, ob dir das gefällt. Du nickst. Mir gefällt
das Saugen und Lecken auf jeden Fall. Kurz bevor ich komme,
zieh ich ihn aus deinem Mund. Ich bin noch nicht mit dir fertig
und schubse dich in die Horizontale zurück und drehe dich auf
den Bauch. Erneut gleitet sanft die Feder über deine Haut. ich
mag es zu sehen, wie sich die feinen Härchen aufstellen.
Wieder warte ich einen Augenblick ab, bevor ich dir nun einen
Eiswürfel auf dein linkes Schulterblatt setze und ihm dabei
zusehe, wie er deinen Rücken herunter gleitet. Dann folgt ein
weiterer auf deinem rechten Schulterblatt. Meine Zunge fährt
dein Rückgrat herauf und umspielt die zurückgebliebenen

Wassertropfen. Der Anblick deiner Schamlippen zwischen deinen schönen Pobacken macht mich sehr an und ich sage dir, dass mir deine Pussy gut gefällt, während ich mit zwei Fingern in sie stosse, was dich schnell zum Keuchen und fast zum Höhepunkt bringt. Den gönne ich dir aber noch nicht. Meine Hände umschmeicheln deine Beine eine Weile, dann deinen Po und schliesslich deine Rosette, nur um dir dann einen Analplug dort sanft, aber bestimmt hereingleiten zu lassen. Die Kühle des Metalls hattest du nicht erwartet. Während ich ihn mit der Handfläche langsam in dich schiebe, fingere ich deine Pussy erneut, was mich sehr schnell so heiss macht, dass ich dich jetzt sehr bald ficken möchte. Deine Schamlippen umschliessen meinen Schwanz eng. Ich stosse dich gern so. Wir keuchen beide. Sind erregt. Nun ziehe ich dir den Analplug sanft wieder aus der Rosette um sogleich mit meinen Schwanz darein zu stossen. Ein bittersüsses Gefühl für dich.

GERNAQUA

Wir treffen uns am späten Vormittag für viel Spass im Spa. Das mögen wir beide gern. Schon in der Dusche sind wir erregt und wollen übereinander herfallen. Das aber ist irgendwie wegen der Atmosphäre und des Gewusels ausserhalb der Kabine doch zu unsexy. Im Aussenpool geniessen wir nun zunächst das sprudelnde Wasser. Sind stets hautnah und viel umschlungen. Schöne wässrige Leichtigkeit und Nähe. Mit immer wieder aufkommender und spürbarer Erregung. Aber zu viel Publikum.

Drum also der Saunabereich, der viel ruhiger ist, als wir erwartet haben. Die erste Sauna fühlt sich genau so an, wie ich mittlerweile auch bin. Einfach heiss. Schweissperlen auf unserer Haut. Wohlige Saunahitze umgibt uns. Ich sehe dich an. Du scheinst zu merken, dass mich dein Anblick schon wieder anmacht. Auffordernd öffnest du deine angewinkelten Beine und gibst den Blick auf deine schöne Pussy frei. Meine Finger fahren an deinen Schenkeln entlang. Nicht lang, weil ich deine Feuchte direkt spüren möchte. Du presst dein Becken gegen meine Hand. Reibst dich geniesserisch. Das ist heiss. Hier ist es aber auch zu heiss und zu hell für unsere Lust. Die kalte Dusche und das Kaltwasserbecken bremsen die bereits entfachte lodernde Flamme zwischen uns nicht ansatzweise.

Die Biosauna mit ihrer Dunkelheit ist beruhigend und verlockend. Ein Sichtschutz hinter dem Eingang verspricht etwas Zeit, bevor wir mit unserem Tun entdeckt werden könnten. Gerade da, als wir hautnah sind und beginnen, uns zu küssen, betritt jemand die Sauna und legt sich mitten in den Raum. Mist. So wird das nichts. Wir verlassen die Biosauna. Still on fire. Still in need.

In der bläulichdunklen Dampfsauna sind wir schliesslich allein. Ich spüle die Sitzfläche mit dem Schlauch kurz ab und setze mich hin. Du auch. Direkt auf meinen Schoss. Die feuchte Hitze kann unsere Erhitzung offensichtlich nicht mehr lindern. Du reibst deinen Po an meinen Oberschenkeln, was mich schon wieder hart macht und dich nur noch wilder. Du hebst dein Becken leicht, nimmst meinen Schwanz, führst ihn in deine sanfte Feuchte und bewegst dich sogleich rhythmisch auf und ab. Ich lehne mich zurück und geniesse es, die Kontrolle dir zu überlassen. Du weisst, was du tust. Einmal mehr. I love it.

LOCKERFLOCKIG

Es ist warm. Wir sind nackt. Mal wieder können wir nicht die Finger voneinander lassen. Wir sind in einem weissen Raum mit unbestimmter Deckenhöhe, in dem es Daunenfedern schneit. Es ist hell und flauschigweich. Du unsäglich feucht, als ich dich zunächst mal mit meinen Händen in und an dir zum Orgasmus bringe um kurz darauf sehr erregt in dich zu stossen, dein Beben zu geniessen. Dich mal hart, mal zart zu stossen und schliesslich mit einem plötzlichen Orgasmus in dir zu kommen und zufrieden auf dich zu sinken. Eng umschlungen zu liegen, bis uns die nächste Erregtheit weitertreibt.

IN ECHT

Ich liege auf dem Rücken. Deine Zunge umschmeichelt meine Eichel, während ich sanft dein Schulterblatt streichel. Wie mich das erregt und das spürst du. Sosehr, dass du mich nun spüren möchtest. Du hockst dich über mich und nimmst mich in dir auf. Spürst meinen erregten Schwanz in dir. Bewegst dich, wie es dir am meisten Lust macht. Du stützt deine Hände auf meiner Brust ab. Ich mag es dir zuzusehen, wie du dir Lust bereitest und mich dabei reitest. Mal mit kreisender Hüfte. Mal mit gezielten Stössen, die dir viel Lust zu bereiten scheinen. Du fickst dich an mir und ich bin zu gern in dir. Irgendwann kann ich mich nicht mehr halten, lass mich gehen und komme erbebend. Oh welch ein Moment und wie erhebend. Dann erhebst du dich grinsend und ziehst deinen Bikini zurecht. War das ein Traum oder war es echt?

SALZICH

Wir joggen in der Spätsommerwärme, dich mich heiss auf dich macht. Wir laufen am Waldrand entlang. Du läufst neben mir, als ich einzelne Schweissperlen in dein Dekollete rinnen sehe. Ich stell mir gerade vor, wie deine salzige Haut schmeckt, als du sagst: „Probier es doch". Ich scheine wohl laut gedacht zu haben. Leicht verdattert sage ich: „Was jetzt?". Du lachst und verschwindest im Gebüsch. Ich lauf dir nach. Schön blickgeschützt hier. Ich umfass dich an der Hüfte und lache etwas verlegen. Du bist es auch. Ich kann nicht widerstehen. Deine leicht verschwitzte Haut schmeckt herrlich salzig. Meine Zunge umspielt deinen Hals. Lichtstrahlen durchbrechen das Dickicht und strahlen dich an. Schön siehst du aus. Ich bewege meine Lippen hoch zu deinem Mund. Wir küssen uns inniglich. Meine Hände umfassen deinen Po, fahren an deinem Rücken hoch, liebkosen dich. Meine Erregung ist unter der Jogginghose auch für dich deutlich spürbar.

ABHEBEN

Wir treffen uns im Hotel am Flughafen. Das Zimmer hat beste Sicht auf das Flugfeld. Wir sehen Maschinen starten und landen im Minutentakt. Halbnackt stehst du am Fenster. Ich frage mich, ob jemand deine schönen Brüste von aussen durchs Fenster sehen kann, als ich ihre Spiegelung im Fenster sehe. Ich war so vom Rollfeld abgelenkt, dass ich nicht mitbekam, dass du deine rechte Hand gerade in deiner Hose hast und dich selbst befriedigst. Du hast die Augen geschlossen und geniesst. Von wegen „wir" sehen Flugzeuge starten und landen. Ich komme näher und streiche dir über den Rücken und die Schultern. Deine freie Hand greift nach meiner. Sanft führst du sie unter deine Jeans. Du presst meine Hand an deine geile Feuchte. Sanft gleiten meine Finger über deine Perle und deine Schamlippen. Hin und her, ein Seufzen, hin und her, dann in dich herein. Du stöhnst auf. In dir und an dir gleiten meine Finger entlang. Das törnt mich an. Ich bin bereits sehr hart. Das kannst auch du durch die Jeans an deinen Pobacken spüren. Schnell öffne ich deine Hose, ziehe sie herab. Deine rechte Hand greift hinter dich. In meine Hose, zielsicher unter meine Unterhose. Deine Finger umfassen mich am harten Schaft. Du spürst das Pulsieren. Das erregt mich noch mehr. Erneut gelangen meine Finger an deine Schamlippen und dringen in dich ein. Meine andere Hand streichelt über deinen Bauch, liebkost deine Brüste und hartgewordenen Brustwarzen. Unter meinen Bewegungen zerrinnst du wie Butter. Mal schnell, mal langsam. Zielstrebig bringen sie dich zum ersten Höhepunkt.

Weiter stehe ich hinter dir. Mein hartes Glied an deinem Po. Langsam reibe ich mich daran. Bin geil und mag nicht mehr warten. Dann greifen meine Hände um deine Hüfte. Ich hebe dich an. Setze dich auf meinen harten Schwanz. Deine Füsse finden halt in meinen Kniekehlen. Deine Hände umklammern meinen Hals. Wir stöhnen beide kurz auf, als ich endlich ganz in dir bin. Wir lächeln beide. Halten kurz inne in dieser Position. Nicht einfach so, aber einfach geil. Du bewegst dein Becken jetzt leicht kreisend auf meinem Schwanz, eng an mich geschmiegt und gepresst. Ich füge leichte Stösse hinzu. Kreisen. Stossen. Kreisen. Stossen. Geil. Du fühlst dich toll an. Aus leichten Stössen werden harte. Aus Seufzen, lautes Stöhnen. Dann bäumst du dich kurz auf und presst dich an mich. Jetzt komme auch ich mit leichten letzten Stössen und einem warmen Pulsieren. Dann Innehalten. Dann Absetzen. Gelandet.

DRITTES RAD WAGEN

Ich staune nicht schlecht, als ich das Hotelzimmer betrete. Der Mann, den ich vor einigen Tagen im Café traf, lässt mich nickend und verschwörerisch schauend herein. Du sitzt mit verbundenen Augen auf einem Sessel. So gut wie nackt. Die Wäsche, die du trägst, lässt nicht viel Spielraum für Phantasie. Mir gefällt, was ich sehe. Ich lege meine Jacke ab und trete vor dich. Du drehst deinen Kopf in meine Richtung. Ich warte einen Moment. Stille. Ich öffne meinen Reissverschluss und hole meinen halbschlaffen Schwanz hervor. Aufmerksam scheinst du mitverfolgen zu wollen, was geschieht. Deine Zunge fährt über deine Lippen. Du scheinst zu spüren, dass mein Schwanz nun unmittelbar vor deinem Mund pendelt. Du beugst deinen Kopf leicht suchend zu mir und stösst mit deinen Lippen gegen meine Eichel. Ein leichtes Grinsen ist in deinem Gesicht zu sehen, bevor deine Lippen meine Eichel umspielen. Du weisst, was du tust. Dass aus halbschlaff plötzlich steif wird, scheint dir keine Mühe zu bereiten. Deine Zunge und Lippen finden ihren Weg. Trotz der Tatsache, dass deine Hände gefesselt sind, gelingt es dir, mich maximal zu erregen, indem du meinen Schwanz tief in deinen Rachen nimmst. Auch deine Zunge weiss bestens, was sie zu tun hat. Ich fasse dich an deinen Haaren und begleite die Bewegungen deines Kopfes leicht. Very hot. Deinen Partner scheint es ebenso maximal zu erregen, wenn man seine Erektion als Massstab nimmt.

Ich binde dich vom Stuhl los und führe dich zu dem schön grossen Bett. Die Fesseln hängen von deinen Handgelenken herab. Hinter dir stehend öffne ich nun deinen BH und lasse ihn an deinem Körper herabgleiten. Mein Finger fahren über deine schönen Brüste, den sich aufstellenden Brustwarzen, den Körper herab. Du hast leichte Gänsehaut. Meine rechte Hand streicht über deinen Venushügel. Weiter herunter über das minimale Stückchen Stoff. Der String hat sich mit deiner Feuchte vollgesogen. Gawd. Ich will dich sofort. Ich lasse dich knien und fessele dir deine Hände nun auf den Rücken.

Gierig nimm dein Körper nun erst mich auf und ebenso gierig verschlingt dein Mund den Schwanz deines Partners. Was in den nächsten Momenten kommt, ist ein Reigen aus Seufzen, Stöhnen, Schreien, Schweiss und Sperma, sowie drei zufrieden grinsenden Gesichtern, als wir schliesslich erschöpft voneinander ablassen. Du trägst noch immer die Augenbinde, als deine Lippen meinen Schwanz ein letztes Mal küssen.

Später auf der Strasse frage ich mich, ob du mich oder mein Prachtstück erkannt hast, obwohl du nichts sehen konntest. Meine Erinnerung an dich, kam mir bereits unmittelbar beim Betreten des Zimmers. Der Gedanke, dass du selber deinem Partner einen Vorschlag gemacht haben könntest, lässt mich schliesslich breit grinsen.

FICTICIOUS

Fickdichamesstischich.
Grinsendundandietischplattekrallenddu.
Tiefindirdrinich.
Soseufz.
Soschön.

REISS DICH AM RIEMEN

Du stehst vor mir und trägst schwarze Unterwäsche mit Riem-
chen. Zum Anbeissen siehst du aus. Wir stehen vor dem Spiegel und sehen dich an. Schön bist du. Ich grins dich an,
verbinde dir die Augen mit einem Seidentuch und küss dich in
den Nacken. Dann nehm ich deine Arme hoch und binde sie an
den Kleiderhaken neben dem Spiegel. Dann hole ich schwarzes
Bodytape hervor und reisse etwas ab. Du kannst das Geräusch
erst nicht zuordnen. Dein Nackenhaar stellt sich auf. „N'aie pas
peur" flüstere ich. Ich klebe dir den ersten Streifen auf die Haut
am Oberschenkel. Jetzt Gänsehaut. Bei der Temperatur im
Raum eigentlich unnötig. Die Form des Tapes unterstreicht die
Form der Wäsche und deines Körpers. Ich klebe dir mit dem
Tape nun einige solcher Streifen und versäume es nicht, dich
dabei zu streicheln und zu küssen. Ich stehe auf, seh dich an
und mag mein Werk. Dann küsse dich leidenschaftlich auf den
Mund. Du küsst gierig zurück. Eigentlich wäre ich längst
bereit, in dich einzudringen. Aber Geduld ist gefragt. Ich habe
anderes vor. Ruckartig ziehe ich dir jetzt den Slip herunter.
Meine Finger und Hände sind zuerst auf und dann in dir. Ich
bringe dich nun zum Beben, so stark, dass du dich kaum auf
den Beinen halten kannst. Das ist mir und meinen Fingern ein
Ansporn. Du kommst heftig. Hängst kurz an den Fesseln an
deinen Handgelenken. Ruhst kurz, stehst sogleich aber wieder
und ich löse die Augenbinde. Du siehst erst dich im Spiegel an
und grinst mich dann an. Diese Deko scheint auch dir zu
gefallen. Nun löse ich die Binde an deinen Armen. Du

betrachtest dich jetzt nochmals im Spiegel. Steht dir. Und mir. Jetzt will ich mehr.

KLANGKÖRPER

Therme Vals. Im Winter. Draussen fällt Schnee in dicken Flocken. Es ist noch früh und kaum etwas los. Mit leichten Schwimmstössen schwimmst du vor mir durch den engen Tunnel in das Klangbad. Wir begeben uns in eine Ecke des kleinen, aber sehr hohen Raumes. Ein Pärchen mittleren Alters ist bereits im Raum. Wasserplätschern hallt von den Wänden wider. Wir lehnen aneinander, nur die Köpfe über der Wasseroberfläche. Sehr entspannt. Haut an Haut, wohlig warm, die Augen geschlossen. Das Pärchen schwimmt durch den engen Tunnel aus dem Raum. Wir sind nun ein paar Minuten alleine. Wasser plätschert gegen die Wände. Sanft streichen meine Hände über deine Oberschenkel. Ganz sanft. Dann gleitet meine Hand in den Slip deines Bikinis, entlang an der gerade rasierten Schamhaarlinie über deine Klit und die Schamlippen. Sanft bewegen sich meine Finger über deine Haut. Vor und zurück. Du schmiegst dich eng an mich. Drückst dich gegen die Enge in meiner Badehose. Geniesst die Bewegung meiner Finger. Neben dem Plätschern des Wassers hallt nun auch ein leises Stöhnen von dir von den Wänden wider. Mmh. Dann hört man Schwimmstösse und Stimmen aus dem Tunnel. Ich flüstere dir ein "Lass uns aufs Zimmer gehen" zu. Abduschen, Trocknen, Bademantel, ein paar Schritte und zwei Stockwerke höher betreten wir das schlichtschöne Provisorienzimmer. Vor dem schmalen hohen Spiegel bleibst du stehen und lässt deinen Bademantel fallen. Schöne Nacktheit. Ich trete zu dir und lasse dabei meinen Bademantel fallen. Stehe nun dicht hinter dir.

Streichele dich und küsse dir den Nacken, als du dich langsam vorbeugst, mir deinen schönen Po entgegenreckst, um mich in dir aufzunehmen. Durch den Spiegel schauen wir uns an, als ich langsam in dich dringe und wir uns dem gemeinsamen Rhythmus hingeben. Schneller und schneller, bis unsere Körper beben und klingen. Klangkörper eben. Dann Keuchen. Dann Stille.

FELLSTIEFEL

In offener Bluse stehst du vor mir, trägst sonst nur ein paar Fellstiefel, aus denen du soeben herausschlüpfst. In deinem Schamdreieck steht diesmal ein schmaler Streifen haarigen Flaums. Kein Zufall also. Ich blicke hoch an dir. Dein Fell gefällt mir und ich blick dir in die Augen. Erwartungsvoll siehst du mich an. Ein weiteres Mal kann ich meine Finger nicht von dir lassen. Will dich spüren und das sogleich. Nur kurz fahren meine Finger am scharf getrimmten Haarflaum an deiner Scham vorbei um sich sogleich lustvoll an deinen Schamlippen und deiner Klitoris zu bewegen und recht bald in dich zu tauchen, was dir offensichtlich behagt. Dann öffne ich nur meinen Reissverschluss und hole meinen Schwanz hervor. Das Blut pocht in meiner Eichel. Ich kann es kaum erwarten, in deine geile Feuchte zu stossen. Rücklings legst du dich auf die breite Rückenlehne des Sofas. Offen, um meine zunächst langsamen und zarten, dann später die schnellen und harten Stösse zu empfangen.

CINEMATIC

Wir sind im Kino. Letzte Reihe. Dunkelheit. Der Saal ist alles andere als voll. Der Film ist gut, scheint dich aber irgendwie nicht so zu fesseln wie mich. Plötzlich bemerke ich, wie du meine Hand, die kurz vorher noch unschuldig in deiner lag, in deinem Schoss bewegst. Verdutzt sehe ich zu dir. Im Dunkel sehe ich deine Augen blitzen. Du lächelst schelmisch. Es erregt mich sehr, dass du dich nun so an und mit meiner Hand reibst. Hand zwischen Hand und Rock. Ich merke gleich, dass es dich geil macht. Rock 'n' Roll, Baby. Plötzlich schiebst du meine Hand unter deinen Rock. Sanft spielen meine Finger mit dem wenigen Stoff um deine feuchtwerdenden Lippen herum. Du bewegst dich sanft im Sessel hin und her, beisst dir auf die Hand, während es gerade anfängt in meiner Jeans schmerzvoll zu werden. So eng. So hart. So geil. Du flüsterst mir zu: komm lass uns gehen. Ich sage: nein, komm, lass uns kommen. Du unterdrückst ein Kichern. Eh ich mich versehe hast du bereits deinen Kopf in meinem Schoss und deine Zunge umspielt meine Eichel. Du machst mich rrrrrrasend. Zu hart. Ich. Und die Situation. Rittlings setzt du dich auf meinen Schoss und gleitest auf meinen Schwanz. Mit sanften Hüftbewegungen ficken wir. Ob man uns hört? Ach egal. Ich knete deine Brüste und liebkose dich. Du saugst an meinem Finger in deinem Mund, bäumst dich schliesslich leicht auf, als ich pulsierend in dir komme. Abspann.

DER TRAUM VOM FLAUM

Das Flaumige hat uns nun eine Weile Spass bereitet. Nicht mehr lang. Du sitzt Im Bad mit dem Po auf der Kante des Waschtischs. Deine Augen sind mit einem schwarzen Seidentuch verbunden. Meine Hände umschmeicheln deinen Körper. Ich küsse dich sanft. Dann eine Pause. Stille. Kein Anfassen. Kein Kuss. Dann hörst du ein Schütteln und ein kurzes Sprühen. Du setzt noch an zu fragen: „Was machst d..?" als du bereits etwas weiches, schaumiges im Schambereich spürst. „Hast du etwas dagegen, wenn ich dir den Streifen nun wegrasiere?". Du zögerst mit deiner Antwort und fährst mit der Hand über den Schaum auf deiner Scham. Beginnst, dich kurz zu streicheln. „Na meinetwegen" sagst du nun erregt. Sanft gleitet die Rasierklinge über deine Haut. Deine linke Hand folgt meiner Hand, als ob du nicht ganz die Kontrolle abgeben magst. Ich schiebe sie weg und sage „Nur keine Angst". Mit wenigen weiteren Handgriffen ist der Flaum nun weg. Das ist glatt gegangen und geworden. Die Schaumreste tupfe ich nun mit einem feuchten Handtuch weg, nur um kurz darauf meine Zunge über das glatte Terrain gleiten zu lassen. Bald schon zwischen deine Beine, zwischen deine Lippen. Ein leichter Salzgeschmack auf meiner Zungenspitze. Ich stehe auf. Küsse dich nun gierig auf deinen schönen Mund. Auch diese Lippen schmecken mir. Dann spürst du meine harte Erregtheit, die sich in dich drängt und aufseufzen lässt.

NAHELIEGEND

"Krass" denke ich. "Warum steht sie nackt auf dem Balkon?" Ich liege im schön warmen Hotelzimmer und kann immer noch nicht recht glauben, dass du soeben nackt auf den Balkon gegangen bist. Du stehst eine Weile an der Brüstung und blickst über die Stadt, über der es jetzt dunkel wird. Lange aber hälst du es dann doch nicht aus. Deine Gänsehaut sehe ich bis hier. Du kommst nun wieder herein. Etwas bibbernd, deine Brustwarzen hart. Ich schlage das Deckbett auf und bitte dich zu mir. Du schmiegst dich an mich. Deine kalte Haut ist prickelnd auf mir. Warm wird kalt wird warm wird heiss, als wir das tun, was naheliegt, wenn wir nahe liegen. Auch später unter der Dusche sind wir erhitzt und leidenschaftlich. Das ändert sich immernoch nicht, als wir es am Waschbecken vor dem Spiegel treiben, ich dich von hinten nehme und wir uns immer wieder dabei ansehen. Einfach. Nicht. Genug. Davon. Kriegen.

UNTERM GABENTISCH

Wir gaben uns Kosenamen bevor wir einander nahmen. Sie waren nicht süss, aber juicy, you see? Sie waren nicht mies, sondern treffend for you and me. Die Ohren rot und so auch der Wein. Der Raum war ganz warm und wir waren heiss. Erst hautstark, dann lautstark und dann auch mal leis. Einer unten, einer oben, stets ineinander verwoben. Einer hinten, eine vorne und dann wieder von vorn.

Hingebungsvoll unterm Gabentisch. Genau so hätt' ich gern grad dich.

STILL SLEEPY

You are still sleepy when you feel me. You turn wet I bet.

You are still sleepy when you feel me. Enter. You moan softly.

You are still sleepy when you press yourself against me. You sigh deeply.

You are still sleepy when I fill you. You feel me.

You are still sleepy when you turn me on, make me crazy and then cum.

You are still sleepy when we then cuddle. With a smile for a while.

Nothing of this can be erased, I still feel so amazed.

Tom Kett lebt in Zürich und hat Lust am Wort und Lust an Lust und Leidenschaft. Was mit einem Tumblr-Blog und der Frage „Gäbe es Tinder für Texte, wären wir ein Match?" in einem Datinginserat begann, führte zu anregenden Wortwechseln, intensiven Momenten, Geschichten und Gedichten. Manches sind buchstäblich Phantasien, Anderes fucking-phantastische Begegnungen.